KB131977

불타는 세계

# 불타는 세계
# The Blazing World

## SF... F.. C.

마거릿 캐번디시 지음  권진아 옮김

arte

# 차례

일러두기

· 이 책은 Margaret Cavendish, *The Blazing World and Other Writings* (Penguin Classics, 1994)를 옮긴 것이다.
· 인명, 지명 등 외국어의 우리말 표기는 국립국어원 외래어표기법을 따르되, 통용되는 일부 표기는 허용했다.
· 원문에서 이탤릭으로 강조한 부분은 방점으로 표시했다.
· 본문의 각주는 옮긴이가 작성한 것이다.

## 『새로운 불타는 세계』의 저자
## 뉴캐슬 공작 부인에게

우리의 옛 세계는 온갖 기술과 솜씨로도
세상을 삼등분밖에 하지 못했지만,
그 뒤 항해로 이름난 콜럼버스가
새 세계를 찾아내고, 미국이라 이름 지었네.
자, 이 새로운 세계는 만들어진 게 아니라 발견된 것,
시간의 그늘 속에 있다 그저 발견되었을 뿐.
그렇다면 혼돈을 발견한 적도 없이
새로운 세계, 그런 땅을 조금이라도 만들어 낸 그대는
    누구인가?
그대의 창조적 상상력은 생각했지,
순수한 재치로만 세계를 만들 수 있다고.
그대의 불타는 세계, 별들보다 더 높이 올라가
만물을 천상의 불로 비추네.

    윌리엄 뉴캐슬

# 독자에게

내가 상상력의 산물을 진지한 철학적 명상*과 결합시킨다고 의아해하는 독자가 있다면, 철학을 폄하해서라거나 이 숭고한 연구가 그저 마음이 만들어 낸 허구에 불과하다고 생각해서 한 일이라고 생각하지 말아 달라. 철학자들은 자연 결과의 원인을 찾고 탐구하는 과정에서 실수를 하고 거짓을 참으로 받아들이는 경우도 많지만, 그렇다고 해서 철학의 토대가 그저 허구가 되는 것은 아니지 않은가. 실수는 이성의 서로 다른 운동들에서 나오는데, 이 운동들은 다른 부분들에서 다른 의견들을 낳으며 어떤 부분에서는 다른 부분보다 더 불규칙적이다. 이성은 물질이라 분리 가능하여 모든 부분에서 다 똑같이 움직이지 못하기 때문이다. 그런데 자연에는 오직 하나의 진리만 있으니, 이 진리를 맞히지 못하는 사람들 모두가 실수를 저지르게 된다. 어떤 사람들은 더 크고 어떤 사람들은 더 작을 뿐이다. 다른 사람들보다 표적에 더 가까이 가는 사람들이 있다 해도, 그렇다고 해서 그 의견이 다른 의견들보다 더 그럴듯하고 합리적이라고는 할 수 없다. 이 유일한 진리에서 벗어나는 한 그냥 틀린 의견이다. 그럼에도 불구하고 모두들 이성, 즉 합리적 가능성에 입각해서 의견을 내놓는다. 적어도 다들 자기는 그렇다고

* 『불타는 세계』는 『실험철학에 관한 논평』과 함께 묶여 출판되었다.

9

생각한다. 하지만 허구는 자기가 상상하는 것이 마음 바깥에 정말 존재하는지 아닌지 개의치 않고 자기 좋을 대로 마음속에 건설한, 인간 상상의 소산이다. 그래서 이성은 자연 깊은 곳을 탐색하고 자연 결과의 진정한 원인을 탐구하지만, 상상은 무엇이든 자기 마음에 드는 것을 자발적으로 창조하고 그 일을 즐긴다. 이성의 목적은 진리이고, 상상의 결과는 허구이다. 하지만 오해는 말아 달라. 상상과 이성을 구분해서 쓴다고 해서 상상이 물질의 합리적 부분에서 만들어지지 않았다고 하는 게 아니다. 나는 이성을 자연 결과의 원인에 대한 탐구와 탐색으로, 상상을 마음의 자발적 창조, 혹은 생산으로 이해하는데, 그 둘다 물질의 합리적 부분의 결과 또는 활동이다. 그중 이성은 상상보다 더 유익하고 쓸모 있는 연구이니만큼 더 힘들고 어렵기도 해서, 마음을 일신하고 진지한 숙고에서 잠시 물러나기 위해서는 때로 상상의 도움이 필요하다.

그런 이유로 내 철학적 논평에 이 상상의 이야기를 덧붙이고 극지방 끝이 맞닿아 있는 두 개의 세계로 결합시켰다. 두가지 다 나를 위한 일로서, 진지한 철학적 숙고에서 방향을 돌려 기분 전환을 하고 다양한 변화로 독자를 즐겁게 해 주기 위해서이다. 하지만 내 상상이 지나치게 딴 길로 새지 않도록 앞부분에서 다룬 주제에 어울릴 허구를 선택했다. 그것이 새로운 세계에 대한 묘사이다. 이는 루키아노스의 세계나 프랑스인의 달 세계* 같은 것이 아니라 내가 창조한 세계로, 그 이름은 불타는 세계라 붙였다. 이야기의 첫 번째 부분은 로맨스적이고,

* 상상의 항해 이야기를 쓴 서기 2세기 고대 로마 시대의 풍자 작가 루키아노스(Lucianos, 120?-180?).『달나라 여행기』를 쓴 17세기 프랑스 작가 시라노 드 베르주라크(1619-1655).

두 번째는 철학적이며, 세 번째는 그저 상상, 혹은 (소위) 환상
적인데, 이 이야기가 독자에게 조금이라도 만족을 준다면 나는
아주 행복한 창조자가 될 테고, 그렇지 않다면 내 세계에서 우
울하게 살아가는 것을 받아들일 수밖에 없다. 그 세계가 초라
하다고 할 수는 없다. 가난이 그저 금이나 은, 보석이 없는 것
이라면, 그 세계에는 모든 화학자가 이제껏 원했고 (내가 진실
로 믿듯이) 앞으로 만들 수 있을 양보다 더 많은 금이 있기 때
문이다. 다이아몬드 덩어리들이라면 고귀한 내 여자 친구들이
나눠 가지기를 진심으로 바라며, 그런 조건이면 내 몫은 기꺼
이 내놓겠다. 금은 내 남편의 손실*을 보상할 수 있는 정도밖
에 바라지 않는다. 나는 욕심은 없지만, 야심은 과거와 현재,
미래의 그 어떤 여인보다도 크다. 그러니 내 비록 헨리 5세나
찰스 2세는 될 수 없겠지만, 마거릿 1세는 되고자 애쓰겠다. 알
렉산드로스나 카이사르처럼 세상을 정복할 힘도, 시간도, 기회
도 없지만, 한 세상의 지배자로 살지 못하니 나만의 세상을 만
들어 냈다. 운명의 여신과 운명의 세 여신들**이 내게는 세상을
주려 하지 않으니 말이다. 그러니 이런 세상을 만들었다고 누
구도 나를 비난하지 않기 바란다. 모든 사람에게 그런 일을 할
수 있는 능력이 있기 때문이다.

* 뉴캐슬 공작(당시에는 후작)은 1649년 영국에서 추방되고 재산을 몰
수당했다.
** 그리스 신화에 나오는 운명의 세 여신 클로토, 라케시스, 아트로포스
를 가리킨다.

불타는 세계라는 새로운
세계의 묘사

세 배로 고귀하고 저명하고 탁월한 왕녀,
뉴캐슬 공작 부인 저(著)

# 불타는 세계라 불리는
## 새로운 세상에 대한 묘사

어느 이국땅을 여행하던 한 상인이 한 젊은 귀족 여인을 깊이 사랑하게 되었는데, 그는 그 나라 사람도 아니고 신분으로나 재산으로나 그 여인에 미치지 못하는 처지라 그 바람을 이룰 희망이 거의 전무했다. 하지만 온갖 어려움이 눈에 들어오지 않을 지경으로 사랑이 간절해져만 가자 마침내 그는 여인을 납치하기로 결심했다. 여인의 아버지 집이 바닷가에서 멀지 않았고 그녀는 두세 명밖에 안 되는 하인만 대동한 채 종종 해변에서 조개껍질을 줍곤 했기에 기회도 좋았다. 이런 상황이 그에게 계획을 실행할 용기를 북돋워 주었다. 그리하여 어느 날그는 불의의 사고로 여인이 자주 찾는 장소까지의 여정이 지체될 경우를 대비해, 연안선 비슷한 조그맣고 가벼운 배에 식량을 넉넉히 싣고 선원 몇 명만 데리고 가서 여인을 강제로 납치했다. 하지만 자기야말로 세상에서 가장 행복한 사내라고 생각하던 바로 그 순간 그는 가장 불운한 사내가 되고 말았다. 그 도적질에 눈살을 찌푸린 하늘이 엄청난 태풍을 일으켰기 때문이다. 선원들이 어찌할 바를 모르고 갈팡질팡하는 사이 무게도 가벼운 데다 맹렬한 바람까지 받은 배는 활을 떠난 화살처럼 날렵하게 북극을 향해 밀려가 순식간에 얼음 바다에 이르렀고, 바람에 떠밀려 거대한 빙산들 사이로 들어갔다. 하지만 무게가 가볍고 작은 데다가 이 고결한 여인을 돕는 신들의 은혜 덕에 배는 마치 숙련된 도선사와 능수능란한 선원의 안내라도 받는 것처럼 이 얼음 절벽들 사이를 요리조리 빠져나갔다. 하지만 불쌍하게도 배에 타고 있던 몇 안 되는 선원들은 자신이 어디로 가는지, 이 기이한 모험에서 무엇을 해야 할지 몰랐고, 혹독하게 추운 항해에 대한 대비도 되어 있지 않아 모두 얼어 죽고 말았다. 오로지 그 젊은 여인만이 빛나는 미모와 뜨거운 젊음, 신들의 보호로 살아남았다. 사내들이 모두 얼어 죽은 것은 놀라운 일도 아니었다. 그들은 그 세계의 끝인 북극까지 밀려갔을 뿐만 아니라 이 세계와 딱 붙어 연결되어 있는 다른 세계의 극지까지 갔는데 두 극지의 연결 지점에서 추위가 두 배로 강해져 도저히 견딜 수 없는 지경에 달했기 때문이다. 계속 전진하던 배는 마침내 어쩔 수 없이 다른 세계로 넘어갔다. 이 세계는 동에서 서로 돌아가듯이 극에서 극으로 일주하는 게 불가능하기 때문이다. 이 세계의 극지들과 다른 세계의 극지들은 연결되어 있어서 그런 식의 일주가 불가능하기에 한쪽 극지에 도달하는 사람은 되돌아가든지 다른 세계로 넘어갈 수밖에 없게 되어 있다. 그렇다면 극지에 사는 사람들이 동시에 두 개의 태양을 보거나 흔한 속설처럼 6개월 동안 햇빛을 전혀 못 보지 않을까 생각하며 주저하는 사람은 다음 사실을 꼭 알아야 한다. 이 세상들에는 각자의 세상을 비추는 태양이 있고 각각의 태양은 자기 고유의 궤도에서 몹시 정확하고 엄밀하게 움직이고 있으므로 어느 쪽도 다른 쪽을 방해하거나 막을 수 없다. 그 태양들은 열대지방을 넘어가지 않으며 혹여 서로 만난다 하더라도 이 세계에 있는 우리 눈에 잘 감지되지 않는다. 더 가까이 있는 우리 태양의 빛이 너무 멀리 떨어져 있어서 우리 시각으로는 식별하지 못하는 다른 세계 태양들의 광휘를 막기 때문이다. 그 예외는 아주 성능 좋은 망원경을 쓸 때뿐이며, 이를 통해 훌륭한 천문학자들은 종종 두세 개의 태양을 동시에 관찰해 왔다.

정처 없이 방랑하는 배와 비탄에 빠진 여인 이야기로 다시 돌아가자. 여인은 사내들이 다 죽은 것을 보고 약간 삶의 위안을 찾았다. 극한의 추위로 그간 내내 부패와 악취로부터 보존되었던 시신들이 이제 녹아서 썩어 들어가기 시작하자, 시신들을 뱃전 너머로 던질 힘이 없는 여인은 그 메스꺼운 냄새를 피하기 위해 조그만 선실에서 갑판 위로 나올 수밖에 없었고, 배가 두 개의 해변 사이를 흐르는 조류를 타듯 두 개의 빙원 사이를 움직이는 광경을 보게 되었다. 그러다 마침내 육지가 눈에 들어왔지만, 그 땅은 온통 눈으로 뒤덮여 있었고 그 얼음 위로 모양새는 곰 같으나 사람처럼 똑바로 서서 움직이는 기이한 생물들이 걸어왔다. 그 생물들은 배 가까이 다가와 손 역할을 대신하는 앞발로 배를 잡고 두셋이 먼저 안으로 들어갔고, 그들이 나오자 나머지가 차례로 들어갔다. 마침내 배 안의 모든 것을 보고 살피고 난 그들은 여인이 이해할 수 없는 언어로 서로 이야기를 나누더니 그녀를 배에서 데리고 나온 다음 배를 죽은 사내들과 함께 가라앉혔다.

이제 낯선 땅에서 너무나 불가사의한 생물 사이에 있게 된 여인은 공포에 질려 사색이 되었고 곧 그들의 잔인함에 목숨을 잃고 말 거라는 생각 외에는 어떤 생각도 할 수 없었다. 하지만 그녀의 눈에는 아무리 끔찍해 보였다 할지라도, 그 곰 같은 생물은 어떤 잔인한 짓도 저지르지 않았고 오히려 극도로 정중하고 친절한 태도를 보여 주었다. 여인이 미끄러운 빙판 위를 걷지 못하자 그들은 덥수룩한 팔로 그녀를 안아서 자기들의 도시로 데려갔다. 집 대신 땅속에 동굴이 있는 도시였다. 도시에 들어오자마자 남녀노소가 이 여인을 보려고 앞발을 들고 감탄하며 몰려들었다. 마침내 그들은 여인을 접대하기 위해 준비한 크고 넓은 동굴 안에 그녀를 데려다 놓고 여성에게 관리를 맡겼고, 그들은 몹시 친절하고 정중하게 환대하며 자신이 먹는 음식을 대접했다. 하지만 여인의 체질이 그곳 기후의 온도와도, 음식과도 맞지 않는 것을 보자 그들은 기후가 더 온화한 다른 섬으로 그녀를 데려가기로 결정했다. 그곳에는 똑바른 자세로 걷는 것만 빼면 여우처럼 생긴 사람들이 살고 있었다. 그들은 이 아름다운 여인에게 찬탄하며 이웃 곰인간을 몹시 예를 갖춰 맞이했고 잠시 함께 이야기를 나누더니 마침내 그녀를 그들 세계의 황제에게 선물로 바치기로 합의했다. 이를 위해 그들은 여인을 그곳에서 잠시 머물게 한 다음 섬을 가로질러 커다란 강으로 데리고 갔다. 수정처럼 맑고 잔잔한 그 강물 위에는 여우 덫같이 생긴 배들이 즐비하게 떠 있었고, 그들은 여인을 그중 한 배로 데려가 몇몇 여우인간과 곰인간에게 시중을 맡겼다. 강을 건너자마자 도달한 섬에는 기러기처럼 머리와 부리, 깃털을 가진 사람들이 살고 있었다. 그런데 그들도 곰인간과 여우인간처럼 직립하고 있어서 엉덩이가 다리 사이에 있었고, 날개 길이는 몸길이와 같았으며 꼬리는 적당히 길어서 귀족 여인의 옷자락처럼 몸 뒤로 질질 끌렸다. 곰인간과 여우인간이 자신의 의중과 계획을 이웃에게 알리자, 그 기러기 즉, 새인간도 일부 무리에 합류하여 섬을 횡단하는 내내 여인을 수행했다. 마침내 그들은 또 다른 크고 넓은 강에 다다랐고, 거기에는 모양은 새 둥지 같지만 크기가 더 큰 배가 많이 준비되어 있었다. 그들은 그 강을 건너 또 다른 섬에 도착했다. 기후가 쾌적하고 온화하며 온통 숲이 우거진 그 섬에는 사티로스*들이 살고 있었다. 그들은 곰인간과 여우인간, 새인간을 정중하고 공손하게 맞이했으며 (모두 서로의 언어를 이해하기에) 회의를 한 끝에 사티로스의 우두머리 몇 명이 무리에 합류했고 여인을 수행해 그 섬을 떠나 또 다른 강으로 갔다. 거기에는 아주 근사하고 널찍한 의식용 장식 배들이 준비되어 있었다. 그 강을 건너 크고 넓은 왕국으로 들어가자, 안색이 연둣빛인 주민이 그들에게 매우 친절한 환대를 베풀고 앞으로의 항해를 위한 온갖 편의를 제공해 주었다. 지금까지는 강만 건너왔지만 이제는 더 이상 넓은 바다를 피할 수 없었다. 그리하여 그들은 불타는 세계(이것이 그 세계의 이름이었다)의 황제가 사는 섬으로 항해할 수 있도록 배와 삭구들의 채비를 갖췄다. 그들은 훌륭한 항해자였다. 자석이나 나침반, 회중시계 같은 것은 전혀 알지 못했지만 (그에 못지않게 쓸모 있는) 명석한 관찰력과 숙련된 기량이 있었다. 그래서 그들은 바다 구석구석의 깊이뿐만 아니라 능숙하고 노련한 뱃사람이 피해야 할 모래톱이나 암초, 그 외의 장애물이 있는 지점을 잘 알고 있었다. 게다가 그들은 탁월한 점쟁이였고, 나침반이나 카드, 시계 같은 것보다 그 기술이 더 필요하고 유익하다고 생각했다. 하지만 무엇보다도 그들에게는 경험철학자가 주목할 특별한 기술이 있었다. 바로 엄청난 양의 공기를 빨아들여 굉장한 힘으로 바람을 분사하는 엔진이었다. 엔진은 바람이 없을 때는 배 뒤에 달고 태풍 속에서는 앞에 달았는데, 호전적인 적군이나 포위된 도시에 맞서는 대포처럼 거칠게 날뛰는 파도를

* 그리스 신화 속 반인반수의 숲의 정령.

헤쳐 나가는 데 유용했다. 그 엔진은 아무리 집채만 한 파도도
산산조각으로 때려 부수었다. 그들은 파도 사이에 틈이 만들어
지기 무섭게 배마다 두 개씩의 엔진을, 하나는 앞에서 파도를
깨부수고 하나는 뒤에서 배를 추진시켜 아무리 바람이 맹렬하
게 휘몰아쳐도 파도 사이를 뚫고 지나갔다. 왜냐하면 인공 바
람이 배의 자연 바람보다 파도에 유리하기 때문이다. 자연 바
람은 수면 위에 있어서 아래쪽으로 향하는 움직임 없이는 배
안으로 들어올 수 없는 반면, 인공 바람은 옆으로 움직이며 파
도 속을 꿰뚫고 들어간다. 게다가 거센 폭풍이 몰아칠 때는 배
들을 전투 대열로 연결시켰는데, 바람과 파도가 너무 강해서
걱정된다 싶을 때면 바다 위 위치의 범위나 편의가 허락하는
한 많은 배를 모이게 했다. 그들의 배는 너무나 교묘하게 만들
어져서 벌집처럼 빈틈없이 촘촘하게 연결할 수 있었고, 그렇게
결합시키면 어떤 바람이나 파도도 배들을 갈라놓을 수 없었다.
황제의 배는 모두 황금으로 만들어졌지만, 상선과 조그만 배는
가죽으로 만들어졌다. 황금 배는 우리의 목조선보다 별로 무겁
지 않았는데, 교묘한 기술로 두껍지 않게 만들었기 때문이다.
우리 목조선을 몹시 무겁게 만드는 역청이나 타르, 펌프, 총 같
은 것도 없었다. 통짜로 만들어진 배도 아니었지만 틈새 처리
가 너무 잘되어 있어서 새는 곳이나 틈, 쪼개진 곳을 걱정할 필
요가 없었다. 총으로 말하자면, 바람 외에는 적이 없기 때문에
총을 쓸 일이 없었다. 하지만 가죽배는 완전히 튼튼하지는 않
았고, 훨씬 가볍기는 해도 방수용으로 역청을 칠했다.

　　그렇게 준비를 마치고 선단을 배열한 뒤 그들은 바람이
없건 태풍이 불건 항해를 계속했다. 여인은 처음에는 자신이
아주 딱한 처지에 놓였다고 생각했고 이 낯선 모험의 끝이 안

전일지 파멸일지 몰라 의심과 공포에 시달렸지만, 그래도 기질이 대범하고 기지가 있었던지라 지나온 위험을 생각하며 저런 사람들이 정중하고 성실하게 자신을 수행해 주는 것을 보고 용기를 내어 그들의 언어를 배우고자 애썼다. 단어와 손짓으로 어느 정도 그들의 뜻을 이해하는 정도까지 언어를 익히자 그들에 대한 두려움이 완전히 사라져서 여인은 안전을 확신했을 뿐만 아니라 함께 있는 것을 매우 행복하게 여기게 되었다. 이를 볼 때, 새로움은 마음을 불안하게 하지만 익숙해지면 마음이 평화롭게 안정된다는 것을 알 수 있다. 그들은 여러 비옥한 섬과 왕국을 지나 드디어 황제가 사는 파라다이스를 향해 다가갔고, 파라다이스가 보이기 시작하자 몹시 기뻐했다. 처음에 여인의 눈에는 하늘에 닿을 듯이 높은 치솟은 바위들만 들어왔는데, 높이가 똑같은 것 같지 않은 그 바위들은 서로 분리되지 않은 한 덩어리처럼 보였다. 하지만 마침내 가까이 다가가서 보니 바위의 한 부분에 갈라진 틈이 있고 그 틈 사이로 수많은 보트가 나오고 있었는데, 멀리서 보면 일렬로 행진하는 개미 무리 같았다. 보트들은 벌집의 구멍이나 칸처럼 생겼고 함께 연결되어 바싹 붙어 있었다. 그 사람들은 피부색이 여러 가지로 달랐지만, 우리 세계의 인간처럼 생긴 사람은 하나도 없었다. 보트와 배가 만나자 그들은 매우 정중하게 서로 인사를 하고 이야기를 나누었다. 그 세상에는 딱 하나의 언어밖에 없었고 황제도 단 하나뿐이었기 때문이다. 그들은 그 황제에게 지극한 충성과 순종을 다했고, 그리하여 이국의 전쟁이나 자국의 반란 같은 것은 전혀 알지 못한 채 계속해서 평화롭고 행복하게 살아왔다. 이제 이곳에 도착한 여인은 배에서 그중 한 보트로 옮겨져 (다른 통로는 전혀 없는 관계로) 같은 통로를 통해 황제가 사는 세상으로 들어갔다. 매우 쾌적하고 기후가 온화한 그곳은 밀물과 썰물을 이루며 흐르는 수많은 커다란 강에 의해 멀고 가까운 몇 개의 섬으로 나누어졌다. 그 섬 대부분은 자연이 만들 수 있는 최대치로 쾌적하고 건강하고 풍요롭고 비옥했고, 앞서 말했듯이 외국의 침략으로부터 완전히 안전했다. 들어오는 길이 하나밖에 없는 데다, 그 길이 바위들 사이를 미로처럼 꼬불꼬불 휘어지며 이어져, 한 번에 세 사람 이상은 태우지 못하는 조그만 보트가 아니고서는 지나갈 수 없었기 때문이다. 이 좁고 꼬불꼬불한 강 양안을 따라 몇 개의 도시가 있었는데, 몇몇은 대리석, 몇몇은 설화석고, 몇몇은 마노, 몇몇은 호박, 몇몇은 산호, 몇몇은 우리 세계에는 알려지지 않은 값진 재료로 이루어져 있었다. 이 도시를 모두 지난 뒤, 여인은 파라다이스라 불리는 황제의 도시에 다다랐다. 그곳은 모든 길 사이에 강이 흘러서 여러 개의 섬처럼 보였는데, 그 길과 엄청나게 많이 놓인 다리는 모두 포장이 되어 있었다. 도시 전체가 황금이었고 건축물은 우리의 근대식 건물이 아니라 고대 로마 시대 건물처럼 고상하고 당당하고 장대했다. 우리 근대식 건물은 아이들이 카드를 한 층 한 층 쌓아올려 만드는 집 같아서 사람보다는 새에게 더 적합하다. 하지만 이곳 건물은 높다기보다 크고 넓었다. 가장 높은 건물도 2층을 넘지 않았고, 그 밖에 저장실로 쓰이는 지하의 방들과 사무실들도 있었다. 황제의 궁전은 그 도시에서 경사를 이루며 솟은 비탈 위에 자리했는데, 그 비탈 꼭대기에는 여러 개의 기둥이 떠받치는 넓은 아치가 궁전 주위를 둘러싸며 영국식 마일로 사방 4마일의 땅을 품고 있었다. 아치 안에는 다양한 종류의 사람으로 구성된 황제 근위대가 서 있었고, 반(半) 마일마다 입구가 있었는데 하나하나가

모양이 달랐다. 황제의 도시에서 궁전으로 들어가는 통로인 첫
번째 입구 양쪽에는 회랑이 위치하고 있는데 그 바깥쪽은 기둥
들이 떠받치는 아치로 되어 있으며 안쪽은 막혀 있었다. 입구
를 통해 들어가면 나오는 궁전 본 건물은 중간 부분은 길이가
1마일 반, 폭이 반 마일인 교회 측랑처럼 생겼고 아치를 이루
는 천장은 기둥들로 지탱되었는데, 그 기둥들이 어찌나 교묘하
게 배치되었는지 처음 온 사람은 안내인 없이는 길을 잃기 십
상이었다. 양쪽 끝, 그러니까 회랑의 바깥쪽과 안쪽 사이에는
수행원의 거처가 있고, 궁전 중앙 부분에는 황제의 방들이 있
었는데, 태양의 열기 때문에 방마다 등불이 꼭대기에 달려 있
었다. 황제의 처소는 다른 방들과 마찬가지로 트여 있었다. 다
만 각 방에는 왕좌가 있었으며 왕좌를 장식한 장식품들은 방에
들어가야만 보였다. 기둥들이 너무나 정확하게 서로 마주 보
고 있어서 장식품이 한꺼번에 다 보이지 않았다. 궁전의 첫 번
째 구역은 황제의 도시처럼 모두 황금이었고, 황제의 거처에
이르면 다이아몬드와 진주, 루비 등 진귀한 보석으로 온통 화
려하게 장식되어 내 솜씨로는 도저히 일일이 열거할 수가 없
을 정도였다. 그중 가장 장엄한 방은 황제의 의전실이었다. (그
세계에는 온갖 색상의 다이아몬드가 있었기 때문에) 바닥에
는 녹색 다이아몬드가 깔려 있었는데, 그 솜씨가 어찌나 교묘
한지 전체가 한 조각처럼 보였다. 기둥에는 다이아몬드들이 너
무나 촘촘하고 절묘하게 박혀 있어서 눈이 부실 정도로 화려했
다. 각 기둥 사이에는 우리 세계에서 찾아볼 수 없는 종류의 다
이아몬드가 아치나 궁형을 이루었으며, 아치마다 다이아몬드
가 몇 줄로 박혀서 그 수만큼의 다채로운 무지개가 떠 있는 것
처럼 보였다. 아치의 천장은 푸른 다이아몬드, 중간 부분은 태

양을 상징하는 홍옥이었고, 방의 동쪽과 서쪽에는 떠오르는 해
와 지는 해가 루비로 만들어져 있었다. 이 방은 통로를 통해 황
제의 침소로 이어졌는데, 침소의 벽은 흑석, 바닥은 검은 대리
석, 천장은 진주였고, 그 천장에는 달과 강렬하게 빛나는 별들
이 백다이아몬드로 표현되어 있었으며, 황제의 침대는 다이아
몬드와 홍옥으로 만들어져 있었다.

귀족 여인이 황제의 앞에 가서 선 순간 황제는 그녀를 신
으로 여기고 숭배를 자청했지만, 여인은 (그때쯤에는 그들의
언어를 꽤 잘하게 되었으므로) 자신이 다른 세상에서 오기는
했으나 필멸(必滅)인 한낱 인간에 불과하다며 이를 거절했다.
그 말에 황제는 기뻐하며 그녀를 아내로 맞이하여 그 세계를
마음대로 다스리고 통치할 수 있는 전권을 주었다. 하지만 그
녀가 불사의 존재가 아니라는 것을 도저히 믿을 수 없었던 백
성은 신에 합당한 온갖 존경과 숭배를 다 바쳤다.

황후가 된 여인의 옷차림은 다음과 같았다. 머리에는 진주
왕관을 썼는데, 왕관 앞에는 다이아몬드로 만든 반달이 붙어
있고 꼭대기에는 넓적한 홍옥이 덮여 있었다. 겉옷은 푸른 다
이아몬드가 뒤섞인 진주로 만들어졌고 가장자리에는 붉은 다
이아몬드가 장식되었다. 반장화와 샌들은 초록색 다이아몬드
였으며, 왼손에는 통치권 방어를 의미하는 조그만 원형 방패를
들었는데, 다채로운 색상의 다이아몬드를 아치 모양으로 잘라
만든 방패여서 무지개처럼 보였다. 오른손에는 불타오르는 별
꼬리 모양으로 자른 백다이아몬드로 만든 창을 들었는데, 이는
적으로 판명된 자들을 공격할 준비가 되었음을 의미했다.

이 나라의 유일한 귀족인 황족을 제외하고는 아무도 금을
사용하거나 몸에 걸칠 수 없었고, 또한 황제와 황후, 그 장남을

제외하고는 누구도 보석류로 치장할 수 없었다. 그 세계에는 우리의 아라비아사막보다 더 광대한 금이 있어서 금과 보석 같은 것은 무한정으로 널려 있는데도 말이다. 그들의 보석은 원석과 다양한 색의 다이아몬드였다. 그들은 화폐를 사용하지 않았고, 모든 거래는 몇 가지 물품을 교환해서 했다.

사제와 통치자 들은 황족의 왕자였고, 그 일을 하기 위해 거세했다. 황제가 거주하는 지역에 사는 보통 사람들은 피부색이 여러 가지였다. 흰색이나 검은색, 황갈색, 올리브색, 재색이 아니라, 어떤 사람들은 담청색이었고, 어떤 사람들은 진보라색, 어떤 사람들은 연두색, 어떤 사람들은 진홍색, 어떤 사람들은 주황색인 식이었다. 그 색과 피부색이 소립자의 도움 없이 그저 빛의 반사로 만들어진 것인지, 잘 배치되고 정렬된 원자의 도움에 의한 것인지, 조그만 구상체의 연속적인 진동에 의한 것인지, 어떤 압력과 반작용에 의한 것인지 나는 알 수가 없다. 그 세계의 나머지 주민은 지금까지 이미 말했듯이 종류와 생김새, 풍채, 성질, 기질이 다양했다. 곰인간, 벌레인간, 세이렌이라고도 불리는 물고기인간이나 인어, 새인간, 파리인간, 개미인간, 거위인간, 거미인간, 이(蟲)인간, 여우인간, 원숭이인간, 갈까마귀인간, 까치인간, 앵무새인간, 사티로스, 거인 등 온갖 사람이 있어서 내가 일일이 기억할 수 없을 정도였다. 이 다양한 사람은 각자 자기 종의 본성에 가장 잘 맞는 직업을 추구했고, 황후는 이를 장려했는데 특히 기술과 과학 연구에 종사하는 사람들에게 권장했다. 그들은 우리 세계의 사람만큼이나 뛰어난 독창성과 지혜로 유익하고 쓸모 있는 기술을 발명했기 때문이다. 아니, 그보다 나았다. 이를 위해 황후는 학교를 세우고 학회들을 설립했다. 곰인간은 황후의 경험철학자, 새인

간은 천문학자, 파리, 곤충, 물고기 인간들은 자연철학자, 원숭
이인간은 화학자, 사티로스는 갈레노스*파 의사, 여우인간은
정치학자, 거미와 이 인간은 수학자, 갈까마귀, 까치, 앵무새
인간은 웅변가와 논리학자, 거인은 건축가 등이 되었다. 하지
만 황제로부터 온 세상을 다스릴 최고의 권력을 부여받은 황후
는 무엇보다 먼저 그들의 종교와 통치 형태의 특징에 대해 알
기를 바랐고, 사제와 정치가를 불러 이에 대한 설명을 요청했
다. 먼저 황후는 정치가들에게 왜 법규가 그렇게 적은지 물었
다. 이에 그들은 법규가 많으면 구분이 많아지고, 그랬다가는
십중팔구 파벌이 생기며, 결국에는 공공연한 불화가 벌어지게
된다고 대답했다. 다음으로 황후는 왜 다른 것보다 군주제라는
통치 형식을 선호하는지 물었다. 그들은 하나의 몸에 오직 하
나의 머리가 있는 게 자연스러운 것처럼 정치체(政治體)에도
오로지 하나의 지배자가 있는 것이 자연스러우며, 많은 지배자
가 있는 공화국은 머리가 여럿 달린 괴물과 같다고 대답했다.
게다가 군주제는 하늘이 준 신성한 통치 형태로 저희 종교와도
가장 잘 맞습니다, 그들은 말했다. 저희 모두가 한마음으로 숭
배하고 한 믿음으로 받드는 신이 오직 한 분 계시는 것처럼, 저
희는 하나뿐인 황제에게 한마음으로 순종하며 따르기로 결심
했기 때문입니다.

다음으로 황후는 여러 종류의 백성이 각각의 교회를 섬기
는 것을 보고 사제들에게 여러 가지 종교가 있냐고 물었다. 그
들은 황후에게 그 세계 전체에는 단 하나의 종교밖에 없으며

---

* 로마 제국 시대 그리스 출신의 의학자로 고대 서양 의학의 다양한 분
야를 체계화하고 집대성했다(129?-199?).

그 종교 내에서 이견도 없다고 대답했다. 여러 종류의 사람이
있기는 하지만 신을 숭배하고 받드는 데는 모두 의견을 같이하
기 때문이었다. 황후는 그들에게 유대교도인지 이슬람교도인
지 기독교도인지 물었다. 그들은 대답했다. 그 종교들이 무엇
인지는 모르지만 저희는 유일하고 전능하며 영원한 신을 존경
과 순종과 의무를 다해 한마음으로 인정하고 숭배하고 받들고
있습니다. 황후는 이번에는 예배 형식이 여러 가지가 있느냐고
물었다. 그들은 대답했다. 아닙니다, 저희가 신에게 헌신하고
숭배하는 방식은 오로지 기도뿐이며, 기도는 여러 가지 필요에
따라 기원, 굴복, 감사의 기도 등으로 구성합니다. 황후가 대답
했다. 사실 회중 사이에서 여인을 본 적이 한 번도 없어서 그대
들이 유대교도나 이슬람교도인 줄 알았소. 그런데 종교 회합에
여인을 금지하는 이유는 무엇이오? 남성과 여성이 종교 예배
시간에 난잡하게 함께 있는 것은 적절하지 않습니다, 그들은
대답했다. 함께 있으면 신에게 전념하는 데 방해가 되고 신께
기도드리는 대신 연인에게 전념하게 되기 때문입니다. 하지만
남성뿐만 아니라 여성도 예배의 의무를 다하기 위해 자기들끼
리 모임을 하지 않소, 황후가 물었다. 아닙니다, 그들은 대답했
다. 여인은 집에 있으면서 사실(私室)에서 혼자 기도를 드립니
다. 다음으로 황후는 이 세계에서는 왜 사제와 통치자를 거세
하냐고 물었다. 그들이 대답했다. 혼인을 막기 위해서입니다.
여인과 아이는 교회에서나 국가에서나 가장 방해가 되는 존재
이기 때문입니다. 하지만 여인과 아이는 교회에서나 나라에서
나 어떤 직책도 맡지 않는다고 황후는 말했다. 그건 사실이지
만, 그들은 대답했다. 공직을 맡을 수는 없다 해도 남편과 부모
에게 너무나 강력한 힘을 발휘하는 존재이다 보니 끈질기게 졸

라대서 직접 공무를 다루는 것 못지않게, 아니, 그보다 더한 해악을 은밀히 끼치는 경우가 다반사입니다.

교회와 국가 모두에 관계된 정보를 들은 황후는 잠시 황궁을 둘러보며 시간을 보내면서 건축가의 기술과 재간에 감탄하다가, 그들에게 먼저 왜 2층 높이 이상의 집을 짓지 않는지 물었다. 그들은 건물이 낮을수록 태양의 열기와 바람, 폭풍, 부패 등에 영향을 덜 받는다고 대답했다. 그러자 황후는 건물을 그렇게 두껍게 짓는 이유를 알고자 했다. 그들은 벽이 두꺼울수록 두꺼운 벽이 추위와 열기를 모두 막아 주어서 겨울에는 더 따뜻하고 여름에는 더 시원하다고 대답했다. 마지막으로 황후는 천장을 아치형으로 만들고 기둥을 그렇게 많이 세우는 이유가 무엇이냐고 물었다. 그들은 아치와 기둥은 건물을 굉장히 우아하고 장엄하게 보이게 할 뿐 아니라 튼튼함과 내구성을 더해 준다고 대답했다.

황후는 그 대답에 몹시 만족했고, 어느 정도 시간이 흐른 뒤 새로 설립한 거장들의 학회가 자신이 맡긴 여러 가지 과업에서 꽤 진척을 보였다고 생각하자 제일 먼저 새인간들을 소집하여 두 행성, 그러니까 해와 달의 진짜 관계가 무엇인지 설명해 줄 것을 요구했고, 이에 이들은 자신의 의무에 걸맞게 한껏 공손하고 성실하게 대답했다.

그들은 최선을 다해 관찰해 본바, 태양은 거대하고 노르스름하며 엄청난 빛을 내는 단단한 바윗덩어리이지만, 달은 희끄무레한 색이고 태양이 있으면 희미해 보이기는 해도 자신만의 빛이 있으며 달 밝은 밤의 원기 왕성한 모습에서 알 수 있듯이 스스로 빛을 발한다고 말했다. 달빛과 햇빛의 유일한 차이점은 해는 광선을 일직선으로 쏘지만, 달은 결코 그 세계의 중심을

똑바로 마주 보는 법이 없고 달의 중심은 늘 한쪽으로 치우쳐
있는 것이라고 했다. 해와 달 모두에 있는 얼룩은, 그들이 이해
하는 한, 암석질 천체에 있는 흠과 상처에 불과하다고 단언했
다. 태양열에 대해서는 의견이 달랐다. 몇몇은 언젠가 태양이
산산조각 나서 하늘을 불태우고 이 세상을 뜨거운 잿더미로 만
들 것이라는 옛 전설을 내세우며 태양 그 자체가 뜨겁다고 주
장했다. 태양 자체가 불처럼 뜨겁지 않다면 그런 일이 있을 수
없다는 것이다. 이에 다른 사람들은 그 의견은 이치에 맞지 않
는다고 말했다. 불은 만물의 파괴자인데, 그런 식이라면 태양
석이 근처의 모든 천체를 온통 태워 버릴 것이기 때문이다. 게
다가 불은 연료 없이 지속될 수가 없는데, 태양석에는 연료로
공급할 만한 것이 전혀 없기에 곧 스스로 소진되고 말 것이다.
그런고로 그들은 태양이 실제로 뜨거운 것이 아니라 오직 빛이
반사되어 그럴 뿐이라고, 그래서 태양의 열기는 똑같이 비물질
인 빛의 결과라는 게 더 그럴듯하다고 생각했다. 하지만 이 의
견 역시 다른 이들은 비웃으며 말도 안 된다고 일축했다. 그들
은 한 비물질이 다른 비물질을 만들어 내는 것은 불가능하다
며, 태양의 빛과 열기 모두 에테르* 소구체들의 빠른 원운동에
서 나온다고 믿었다. 즉 원운동이 시신경에 가닿으면 빛이 되
고, 운동에서는 열이 생산된다는 것이다. 하지만 누구도 이 의
견을 지지하지 않았다. 왜냐하면 몇몇 이가 그런 식이라면 빛
의 원인은 동물의 시각이며, 눈이 없다면 빛도 없을 게 아니냐
고 말했기 때문이다. 어느 모로 보나 말이 안 되는 소리였다.
그래서 그들은 태양의 열기와 빛에 대해 설전을 벌였지만, 놀

---

* 전자기장과 빛의 파동을 전파하는 매질로 여겨진 가상의 물질.

랍게도 태양이 구형의 유동체이며 빠른 원운동을 한다고 말하는 사람이 아무도 없었다. 모두 태양이 중추처럼 단단하고 고정되어 있다고 의견을 같이했고, 따라서 다들 보통 그것을 태양석이라고 불렀다.

다음으로 황후는 태양과 달이 때로는 확대되고, 때로는 줄어들며, 때로는 높이, 또 다른 때에는 낮게, 이번에는 오른쪽으로 기울어졌다가, 다음에는 왼쪽으로 기울어지는 등 종종 다른 자세나 모양으로 나타나는 이유를 물었다. 이에 대해 몇몇 새 인간은 그 차이가 공기 중에서 발견되는 다양한 온도 차에서 생겨나며, 거기서 서로 다른 밀도와 희박도가 나온다고 대답했다. 또한 수증기의 간섭으로도 발생하는데, 상승하는 수증기는 주위의 수증기보다 더 높고 희박하지만 하강하는 수증기는 더 무겁고 밀도가 높아서라고 했다. 하지만 다른 이들은 그건 단지 공기의 다양한 패턴 때문일 가능성이 더 높다고 단언했다. 화가가 똑같은 물건을 항상 똑같이 모사하지 않듯이, 공기의 여러 부분도 태양과 달의 광체(光體)로 다른 패턴을 만들며 우리 안질(眼質)의 섬세한 움직임이 그 패턴을 여러 가지 모사화처럼 파악하는 것입니다, 그들은 말했다.

황후는 이전 대답보다 이 대답에 훨씬 흡족해하며 질문을 더 던졌다. 태양의 티끌이라 불리는 생물에 대해 어떻게 생각하는가? 이에 그들은 그것들은 다름 아닌 극히 작고 희박하고 투명한 분자의 흐름이며, 태양은 유리를 통과하는 것처럼 그 흐름을 통해 보인다고 대답했다. 그것들이 투명하지 않다면 태양의 빛을 가릴 테고, 희박하고 공기 같은 물질이 아니라면 파리가 공기 속을 날아다니는 것을 막거나, 적어도 그 동작을 느리게 만들 테니 말이다. 가장 희박한 수증기보다도 더 희박한 그것들은 그럼에도 불구하고 공기처럼 희박하지 않다고 했다. 그렇다면 동물의 시각으로 감지되지 않기 때문이다. 이에 황후는 그것들이 살아 있는 생물인지 물었다. 그들은 대답했다. 그렇습니다. 그것들은 증가하고 감소하며 태양으로부터 자양분을 얻고 태양이 없으면 굶주립니다.

태양과 달에 대한 담화를 마치자, 황후는 그 외에 어떤 별이 있는지 알고자 했다. 하지만 그들은 그 세계에는 불타는 별들 외에 어떤 별도 보이지 않으며, 그렇기에 이 세계가 불타는 세계라는 이름으로 불린다고 대답했다. 불타는 별들은 태양과 달처럼 단단하고 빛나는 고체이며, 구형이 아니라 여러 가지 모양인데 어떤 것들에는 꼬리가 달렸고, 어떤 것들은 다른 형태라고 말했다.

그러고 나서 황후는 공기가 어떤 물질 혹은 생물인지 물었다. 새인간이 대답하기를, 공기는 호흡이 아니고서는 지각할 수 없다고 했다. 어떤 물체는 접촉을 통해서만 지각할 수 있고, 또 어떤 것들은 눈으로만, 또 어떤 것들은 냄새로만 알 수 있지만 어떤 것들은 어떤 외부 감각으로도 감지되지 않습니다. 자연에는 온갖 다양한 것이 있어서 우리의 약한 감각으로는 온갖 다양한 종류의 자연 생물을 지각할 수 없을뿐더러, 하나의 감각으로 여러 가지 대상을 감지할 수 없듯이 모든 감각으로 하나의 대상을 감지할 수도 없습니다. 그대들 말을 믿겠다, 황후는 대답했다. 하지만 그대들이 공기를 설명하지 못한다면 바람이 어떻게 만들어지는지도 알려줄 수 없겠구나, 황후는 말했다. 바람은 공기의 운동에 불과하다고 하니 말이다. 이에 새인간은 그들이 관찰하기로 바람은 공기보다 더 밀도가 높고, 따라서 촉각으로 감지된다고 답했다. 하지만 정확히 바람이 무엇이며 어떤 방식으로 만들어지는지 딱히 말할 수 없다고 했다. 어떤 이들은 바람은 서로 부딪히는 구름 때문에 생긴다고 하고, 어떤 이들은 뜨겁고 건조한 증기가 상승하다가 중간 지역에 있는 차가운 공기에 의해 다시 아래쪽으로 밀리지만 가벼운 무게로 인해 바닥으로 곧장 내려가지 못하고 공기에 실려 아래위로 움직이면서 생긴다고 했다. 어떤 이들은 바람은 흐르는 물 같은 공기라고 했고, 또 어떤 이들은 별들의 화염으로 생겨난 공기의 흐름이라고 했다.

하지만 황후는 사람들이 바람의 원인에 대해 의견이 갈리는 것을 보더니 눈은 어떻게 만들어지는지 아느냐고 물었다. 이에 그들은 자신이 관찰한 바에 의하면, 눈은 달 아래 있는 불 원소 추출물과 물이 함께 섞여서 만들어진다고 대답했다. 그 추출물 소량이 물과 섞이고 공기나 바람을 맞으면 눈이라 불리는 흰 거품이 만들어지고, 잠시 뒤 같은 성질의 열에 녹으면 다시 물로 변한다. 이런 의견을 듣고 황후는 크게 놀랐다. 왜냐하면 황후는 지금까지 눈은 차가운 운동으로 만들어지는 것이지, 물에 불 추출물이 뒤섞이고 부딪쳐서 만들어진다고 생각한 적이 없었기 때문이다. 게다가 물고기인간 또는 인어가 눈이 만들어지는 과정에 대한 의견을 내놓기 전까지는 그 말을 믿으려 하지도 않았다. 그들이 말하기를, 눈은 일부 사람이 지금까지 생각해 온 것처럼 지표면을 긁어내는 공기 운동으로 만들어지는 것이 아니라 바다에서 발생해 물을 얼음으로 응축시키는 강한 염분성 수증기의 영향으로 생겨난다고 했다. 그 수증기의 양이 많을수록, 얼음산 또는 절벽의 크기도 커진다. 하지만 열대 지역, 즉 황도 아래에서 극지방이나 그 주변 지역만큼 얼음이 얼지 않는 이유는 그런 지역에서는 수증기가 햇빛의 영향으

로 대기 중간층까지 끌려 올라가 응축된 다음 물이 되어 비로
떨어져 내리기 때문이다. 반면 극지방에서는 태양의 열기가 그
만큼 강하지 않아서 동일한 수증기가 그렇게 높은 곳까지 올라
갈 힘이 없고, 따라서 오로지 수면 위에서만 상승하고 활동해
서 많은 양의 얼음이 생기는 것이다.

　　이 진술은 새인간이 내놓은 눈의 원인론도 일부 입증했지
만, 새인간이 물과 섞이면 눈이 되는 동일 추출물이 달 아래 있
는 불 원소에서 생겨난다고 했기에 황후는 그 불 원소의 성질
이 무엇이냐고 물었다. 여기 지구상의 평범한 불인지, 지구 내
부에 있는 불, 그 유명한 베수비오 화산이나 에트나 화산을 태
운 것 같은 불인지, 아니면 부싯돌 같은 데서 발견되는 불인지
물었다. 그들은 태양 아래 있는 불 원소는 견실한 연료가 공급
되지 않으니 앞에서 거론한 불처럼 견실하지 않다고 대답했다.
그래도 불길은 평범한 불과 비슷하며, 다만 더 희박하고 유동
적일 뿐이라고 했다. 불길은 불타는 물체의 공기질 부분에 불
과하기 때문이다.

　　마지막으로 황후는 새인간에게 천둥과 번개의 본질이 무
엇인지, 얼음판이 서로 부딪치면서 발생하는 것은 아닌지 물었
다. 이에 그들은 천둥과 번개는 그런 식으로 만들어지지 않고
냉기와 열기가 만나서 발생한다고 대답했다. 구름 속에서 수
증기가 불이 붙으면서 번개가 내리치고, 울림과 굉음의 수만
큼 구름 사이에 갈라진 틈이 생긴다는 것이다. 하지만 다른 이
들이 이 의견에 반대하며 천둥은 공기 중에서 일어난 느닷없고
끔찍한 블라스*이며 항상 구름이 있어야 발생하는 것은 아니

* blas. 돌풍이나 날씨에 변화를 주는 별의 영향 등을 지칭하는 당시 자
연철학 분야의 전문 용어이다.

라고 단언했다. 그런데 (심지어 그들 자신조차 그 의미를 제대로 설명하지 못한) 블라스가 무슨 소리인지 이해하지 못한 황후는 앞의 설명을 더 마음에 들어 했고, 이제부터 지루한 논쟁을 피하고 천체 현상의 진리를 더 정확하게 밝혀내기 위해 황후의 경험철학자인 곰인간에게 망원경이라는 도구로 관찰할 것을 명했다. 그들은 황후의 명에 따랐다. 하지만 이 망원경은 그들 사이에서 전보다 훨씬 큰 의견 차이와 분열을 가져왔다. 왜냐하면 어떤 이들은 태양이 제자리에 서 있고 지구가 그 주위를 도는 것으로 파악된다고 말했는데, 어떤 이들은 둘 다 움직인다고 주장했고, 또 다른 이들은 지구는 가만히 있고 태양이 움직인다고 했기 때문이다. 어떤 이들은 다른 이들보다 더 많은 수의 별을 셌고, 어떤 이들은 전에 본 적 없는 새로운 별을 발견했으며, 또 다른 이들은 별의 크기에 대해 다른 이들과 열띤 논쟁을 벌였다. 어떤 이들은 달은 지구의(地球儀)와 비슷한 또 다른 세계이며 달에 있는 반점은 언덕과 계곡이라고 했지만, 다른 이들은 그 반점은 육지이고 매끄럽고 반짝거리는 부분이 바다라고 주장했다. 마침내 황후는 그들에게 망원경을 들고 자신이 온 세상과 연결된 극의 맨 끝 지점까지 가서 별이 보이는지 알아보라고 명령했다. 그들은 명대로 했고, 황후에게 돌아와서는 세 개의 불타는 별이 짧은 시간 사이 차례차례 나타나는 것을 보았는데 그중 둘은 밝고 하나는 희미했다고 보고했다. 하지만 이 관찰에 있어서도 그들은 합의점을 찾지 못했다. 어떤 이들은 하나의 별이 다른 장소에서 따로따로 세 번 나타난다고 했고, 다른 이들은 그게 서로 다른 세 개의 별이라고 했기 때문이다. 그들은 모든 별은 특정 시간에 떠서 특정 장소에 나타나며 같은 장소에서 사라지므로 동일한 별이 세 번 출

현하는 것이 불가능하다고 생각했다. 또한 하나의 별이 여기
저기를, 특히 그토록 멀리 떨어진 곳을 가시적인 움직임도 없
이 그렇게 단시간에 날아가서, 둘은 완전히 마주 보고 세 번째
는 비스듬히 옆쪽에 있는 그런 이질적인 장소들에 그렇게 나타
난다는 일은 전혀 있을 수 없다고 말했다. 마지막으로, 그들은
그게 하나의 별이라면 항상 동일한 밝기를 유지했을 텐데 그
렇지 않았다고 이야기했다. 앞에서 말했듯이 둘은 밝지만 하나
는 희미했기 때문이다. 그들이 그렇게 논쟁을 벌이고 나자, 황
후는 망원경이 더 나은 지식을 주지 못한다며 분노하기 시작했
다. 황후는 말했다. 그대들의 망원경이 그릇된 정보를 주며 진
리를 발견하는 대신 감각을 미혹시키기만 한다는 것을 이제 분
명히 알겠소. 그러니 그 망원경은 부수어 버리고 새인간은 오
직 육안만을 믿고 감각과 이성의 활동으로 천체를 고찰할 것을
명하오. 이에 곰인간은 그렇게 견해 차가 생긴 것은 망원경의
잘못이 아니며, 시각 기관의 섬세한 동작이 똑같지 않은 데다
가 이성적 판단이 늘 한결같이 고른 게 아니기 때문이라고 대
답했다. 황후는 망원경이 참된 정보를 준다면 고르지 않은 감
각과 이성을 교정해 줄 것이라고 대답했다. 황후는 말했다. 하
지만 자연이 그대들의 감각과 이성을 기술이 만든 망원경보다
더 고르게 만들었소. 왜냐하면 그 망원경은 미혹에 불과하고
절대 그대들을 진리를 이해하도록 이끌어 주지 못할 테니 말
이오. 그러니 그 망원경을 부수라고 다시 한번 명하는 바요. 인
공 망원경으로 보는 것보다 그대들의 육안이 천체가 나아가는
움직임을 더 잘 관찰할 수 있을 것이오. 곰인간은 망원경에 대
한 황후의 노여움에 몹시 당황해서 무릎을 꿇고 공손하기 이를
데 없는 태도로 망원경을 부수지 않게 해 달라고 애원했다. 그

들은 말했다. 저희는 자연의 진리보다 인공의 미혹에서 더 큰 기쁨을 누립니다. 게다가 저희에게는 감각을 사용하고 논쟁할 거리가 필요한데, 거짓이 없고 진리만 있다면 논쟁을 벌일 일이 없으니 이 수단을 통해 서로를 논박하고 반박하려 애쓸 목표를 가지고 그렇게 노력하는 기쁨을 누리고 싶습니다. 한 사람이 다른 사람보다 더 현명하다고 생각하지 않을 것이며, 모두가 똑같이 똑똑하고 현명하거나 모두가 바보가 될 것입니다. 그러니 부디 저희의 유일한 즐거움이자 목숨처럼 소중한 망원경에 자비를 베풀어 주시기를 폐하께 삼가 간청드립니다. 마침내 황후는 그들의 청을 들어주기로 했지만, 그들의 논쟁과 불화는 자기 학파 내에서만 머물러야 하며 절대 국가나 정부에 내분이나 혼란을 일으켜서는 안 된다는 조건을 걸었다. 기쁨에 찬 곰인간은 황후에게 몹시 공손하게 감사했고, 망원경이 일으킨 노여움을 보상할 만한 몇 가지 다른 인공 광학유리가 있다고 하면서 황후께 훨씬 큰 만족을 드릴 것이라고 장담했다. 그들은 그중 현미경 몇 개를 가져왔는데, 조그만 물체의 형상을 확대해서 이(蟲)를 코끼리처럼 크게, 진드기도 고래처럼 크게 보이게 할 수 있는 물건이었다. 먼저 그들은 황후에게 회색 꽃등에를 보여 주었다. 얼굴, 아니 머리에서 가장 큰 부분이 삼각형으로 정렬된 수많은 조그만 진주 또는 반구로 뒤덮인 두 개의 커다란 혹으로 이루어진 것이 보였다. 그 진주들은 크고 작은 두 등급이 있었는데, 작은 것은 맨 아래에서 바닥 방향을 바라보고 있었고, 큰 것은 위쪽에 있으면서 옆과 앞, 뒤쪽을 향하고 있었다. 모두 몹시 반들반들하고 윤이 나서 어떤 물체의 상도 다 비추었고, 그 수가 총 1만 4000개나 되었다. 이 이상하고 신기한 생물을 보고 몇 가지 관찰 의견을 나눈 다음, 황후는 저

조그만 반구들이 무엇이냐고 물었다. 그들은 그 하나하나가 완벽한 눈이라고 대답했다. 그 하나하나가 수질 또는 유리질 안액과 비슷한 분비액이 담긴 투명한 각막으로 덮여 있는 모습이 보여서였다. 이에 황후는 그것들이 눈이 아니라 유리질 진주일지 모른다며 그들의 현미경이 제대로 정보를 주지 않았을 수도 있다고 했다. 하지만 그들은 미소를 지으며 황후께서 이 현미경의 가치를 모른다고 대답했다. 그 현미경은 한 번도 그들의 감각을 속인 적 없으며 감각을 교정하고 정보를 주었다는 것이다. 오히려 이 현미경이 없다면 세상은 현미경이 발명되기 전 과거에 그랬듯이 앞 못 보는 눈먼 자가 되고 말 것이라고 그들은 말했다.

그러고 나서 그들은 목탄을 가져와서 그중 최고로 좋은 현미경으로 관찰했고, 그 안에서 크고 작은 수많은 구멍을 발견했다. 그 구멍이 어찌나 조밀하고 빽빽하게 모여 있는지 그 사이에는 단단한 물체가 들어갈 수 있는 틈이 거의 없었다. 그들은 황후에게 더 확신을 주기 위해 1인치 길이 선 위에서만 2700개나 되는 구멍을 셌다. 그들은 이 관찰에서 다음과 같은 결론, 즉 수많은 구멍이 목탄의 검은색의 원인이라는 결론을 도출했다. 왜냐하면 구멍은 어떠한 빛도 반사하지 않으니 구멍이 그렇게 많은 물체는 필연적으로 검게 보일 수밖에 없다는 것이다. 검은색이란 빛이 결여되거나 반사가 없는 것에 불과하다. 하지만 황후는 모든 색깔이 빛의 반사로 만들어진다면 검은색도 다른 색과 마찬가지로 하나의 색깔인데, 그렇다면 검은색이 반사가 없어서 생긴다는 말은 분명 자기모순이 아니냐고 했다. 하지만 그대들의 현미경 조사를 중단시키지 않기 위해 현미경으로 식물이 어떻게 보이는지 살펴보겠소, 황후가 말했다. 그래서 그들은 쐐기풀을 가져와 현미경으로 살펴봤고, 쐐기풀의 뾰족한 끝 아래에 독액이 든 조그만 주머니 혹은 기포 같은 것이 있어서 이 뾰족한 끝이 피부 안쪽으로 뚫고 들어가면 주사기처럼 그 액을 피부 속에 전달하는 역할을 하는 것을 발견했다. 이 의견에 대해 황후는 쐐기풀에 그런 독이 있다면 그것을 먹으면 분명 몸 바깥에 상처가 생기는 것만큼이나 몸 안에 상처를 입히지 않겠느냐고 했다. 하지만 그들은 그 이유를 설명하는 것은 경험철학자보다는 의사의 영역이라고 대답했다. 자신들은 그저 현미경으로 조사하고 현미경이 보여 주는 대로 생물의 자연 그대로의 모양을 설명할 뿐이라고 했다.

마지막으로 그들은 황후에게 벼룩과 이를 보여 주었는데, 현미경으로 본 이 생물의 모습이 어찌나 끔찍한지 황후는 거의 기절할 뻔했다. 그 부분을 하나하나 묘사하는 것은 매우 지루할 테니 지금은 삼가겠다. 이 이상한 모양의 생물을 보고 나자, 황후는 이것들에게 괴롭힘을 당하는 사람, 특히 불쌍한 거지를 몹시 가엾게 여겼다. 자기가 먹을 것도 없는 마당에 이라고 불리는 이 끔찍한 생물을 자신의 살과 피로 부양하고 먹이지 않으면 안 될 딱한 처지에 처해 있는데도 녀석들은 감사는커녕 고통으로 보답하고 영양분과 음식을 준다고 고문을 해 대니 말이다. 그런데 이 끔찍한 생물의 형상을 보고 나자, 황후는 현미경이 이가 무는 것을 막을 수 있는지, 그게 아니면 적어도 그걸 피할 수 있는 방법을 알려 줄 수 있는지 알고 싶어 했다. 이에 그들은 그런 기술은 기계적이며 현미경으로 관찰하는 고상한 연구의 대상이 될 가치가 없다고 대답했다. 그러자 황후는 작은 물체뿐만 아니라 커다란 물체의 형상을 키우고 확대할 수 있는 렌즈가 없느냐고 물었다. 그래서 그들은 가장 좋고

커다란 현미경을 가져와 그 현미경으로 고래를 관찰하려고 애
썼다. 하지만 안타깝게도 고래의 모양이 너무 커서 원주가 현
미경의 확대 능력을 넘어섰다. 그 과실이 현미경의 탓인지 고
래의 위치를 잘못 잡아 빛의 반사를 막아서인지는 확실히 알
수 없었다. 황후는 그 확대경의 능력이 부족해 온갖 물체를 다
확대할 수 없음을 알자 곰인간에게 지금까지 보여 준 것과 반
대인 렌즈, 즉 대상의 모양과 형상을 키우고 확대하는 대신 타
고난 크기 이하로 축소할 수 있는 렌즈를 만들 수 없냐고 물었
다. 그들은 폐하의 명령에 복종하여 과제를 수행했다. 그중 최
고 성능의 렌즈를 통해 보았더니 거대하고 강력한 고래가 청어
처럼 조그마했다. 그뿐만 아니라 어떤 렌즈로는 초선충 크기로
밖에 보이지 않았고, 보통 렌즈로는 코끼리가 벼룩 크기, 낙타
가 이(蟲) 크기, 타조가 진드기 크기로밖에 보이지 않았다. 그
들이 여러 가지 렌즈를 사용하여 한 모든 광학적 관찰에 대해
다 이야기하면 지루하고 장황해서 가장 인내심 강한 독자조차
지치게 만들 테니 넘어가도록 하겠다. 다만 놀랍고 주목할 만
한 점은 그들이 지닌 경험철학의 굉장한 기술과 성실성, 창의
력에도 불구하고, 진공의 모든 차원을 탐지하거나 비물질과 비
실재, 혼종, 즉 무엇인가와 무(無) 사이에 존재하는 것을 발견
할 수 있는 렌즈는 절대 고안해 내지 못했다는 사실이다. 그래
도 그들은 오랜 연구와 실천을 통해 언젠가 어쩌면 이를 성취
할 수 있기를 바라며 이 문제로 매우 고심했다.

　　황후는 새와 곰인간을 내보낸 다음 세이렌, 즉 물고기인간
과 벌레인간을 불러 바닷속과 지구 속에서 관찰한 바를 말해
보라고 했다. 먼저 황후는 물고기인간에게 바다의 염분은 어디
서 나오냐고 물었다. 이에 그들은 바닷물을 품에 안듯이 담고

있는 육지의 일부분에 휘발성 소금이 있는데 그 소금이 바다에 흡수되어 정착된 것이라고 답했고, 소금을 흡수하는 이 운동이 소위 바다의 밀물과 썰물이라고 했다. 바닷물의 상승과 밀물은 그중 쉽게 흡수되지 않는 휘발성 소금 때문에 생기는데, 그 소금이 물 위로 올라가려고 애쓰면서 사람이나 다른 동물이 격렬한 운동을 할 때 숨을 쉬기 위해 취하는 동작으로 버티기 때문이다. 그들은 바다의 염분, 그리고 밀물과 썰물의 진정한 원인은 세상 사람이 믿는 몇몇 이의 말처럼 지구의 움직임이나 달의 보이지 않는 영향이 아니라 이것이라고 단언했다.

그러고 나서 황후는 바다와 그 외 물속에 사는 모든 생물에게서 피가 있는 것을 보았느냐고 물었다. 그들은 일부 생물은 대체로 있지만 일부는 전혀 없다고 대답했다. 대하와 바닷가재에서는 소량의 피가 감지되지만, 게와 굴, 새조개 등에는 전혀 없다고 했다. 그러자 황후는 그 소량의 피가 몸 어느 부위에 있느냐고 물었다. 그들은 바닷가재는 꼬리 중간을 가로지르며 지나가는 조그만 혈관에 있지만, 대하는 등에 있다고 했다. 다른 물고기의 경우, 일부는 아가미 쪽에, 일부는 그 외 다른 부위에 피가 있지만, 몸 전체에 혈관이 퍼져 있는 물고기는 보지 못했다고 했다. 황후는 피가 없는 생물이 존재할 수 있다는 사실에 놀라워하며 더 확신을 얻기 위해 벌레인간에게 모든 종류의 벌레에게 피가 있는지 말해 보라고 했다. 그들은 자신이 관찰해 본 바로는 어떤 벌레들에게는 피가 있고 어떤 벌레들에게는 없다고 대답했다. 나방에게는 피가 전혀 없고, 이(蟲)에게는 바닷가재처럼 등을 따라 조그만 혈관 하나가 있을 뿐이며, 치즈와 과일에서 발생하는 벌레만이 아니라 유충과 달팽이, 구더기에게도 살에서 생겨나는 벌레처럼 피가 없다. 하지

만 황후가 반문했다. 방금 말한 생물에게 피가 없다면 그것들
은 어떻게 살 수 있는가? 흔히들 동물의 생명은 동물의 기운이
자리하는 핏속에 있다고 말하지 않는가? 그들은 피는 동물의
생명에 반드시 필요한 것이 아니며 보통 동물의 기운이라 불리
는 것도 동물의 본성과 모양에 적절한 육체적 운동에 불과하다
고 답했다. 그러자 황후는 물고기인간과 벌레인간 전부에게 피
가 있는 모든 생물의 경우 혈관과 동맥 속에서 혈액 순환이 일
어나는지 물었다. 하지만 그들은 혈액 순환은 신체 내부의 운
동이라 그 자체로도, 또한 어떤 광학 도구의 도움으로도 감지
할 수 없지만, 진실을 알아내기 위해 동물을 해부하면 즉시 특
정 인물이나 생물 고유의 내부 신체 운동이 변화해 버리기 때
문에 정확한 설명이 불가능하다고 대답했다. 그러자 황후는 모
든 동물에게 피가 없다면 근육과 힘줄, 신경 같은 것도 없을 게
분명하다고 말했다. 그런데 그대들은 동물도 물고기도 아닌,
그 중간쯤 되는 생물을 본 적 있는가, 황후가 말했다. 물고기와
벌레인간 모두 그렇다고 대답했다. 수중이고 지상이고 상관없
이 사는 생물을 여럿 보았고, 일부는 동물이고 일부는 물고기
인 그런 생물이 혹여 있다면 분명 혼종이라고 부를 수 있을 것
이라고 했다. 하지만 그 생물이 수중과 지상 모두에서 사는 것
이 어떻게 가능하오, 황후가 물었다. 경험이 충분히 증언해 주
듯이, 공기를 호흡하며 사는 동물은 수중에서 살 수 없고 수중
에서 사는 생물은 공기를 호흡하며 살 수 없지 않은가. 그들은
황후에게 서로 다른 종류의 생물이 있듯이, 생물에게는 서로
다른 호흡 방식이 있다고 대답했다. 호흡이란 부분들을 구성하
고 나누는 것에 다름 아니며, 자연의 운동이란 무한히 다양하
므로 모든 생물이 같은 운동을 한다는 것은 불가능하다. 그러

므로 모든 생물이 반드시 공기 아니면 물에 의존해서만 살 필요는 없으며, 자연이 각 종에게 편리하도록 정해 준 대로 살 뿐이다. 황후는 그 대답에 몹시 흡족한 기색을 보였고, 더 나아가 모든 동물이 개체를 계속해서 증식시켜 종을 지속시키는지, 그리고 모든 종의 후손은 늘 그 발생자 혹은 생산자를 닮는지 알고 싶어 했다. 그들은 어떤 종이나 종류의 생물은 생산자와 같은 후손을 계속 증식시켜 유지되지만, 어떤 것은 그렇지 않다고 대답했다. 첫 번째 등급은 서로 다른 성(性)이 있는 모든 동물과 그 외 몇몇 동물입니다, 그들은 말했다. 하지만 두 번째 등급에는 소위 곤충이 대부분 속하는데, 그것들은 만들어진 결과와 동일하거나 유사한 점이 전혀 없는 원인으로부터 생겨납니다. 예를 들어, 구더기가 치즈에서 번식하고, 다른 몇몇 종류가 흙과 물 등에서 생겨나는 것처럼 말이죠. 하지만 구더기와 치즈 사이에도 약간의 유사성은 있네, 황후가 말했다. 치즈에는 피가 없는데 구더기에도 없지 않은가. 게다가 구더기는 치즈와 거의 같은 맛이 나고. 그건 어떤 증명도 되지 않습니다, 그들이 답했다. 구더기는 가시적이고 국부적인 전진운동을 하는데, 치즈는 하지 않으니까요. 이에 황후는 치즈 전체가 구더기로 변한다면 국부적인 전진운동이 있다고 말할 수도 있을 것이라고 했다. 그들은 치즈가 그 자체의 구상적 운동으로 구더기로 변하면 그것은 더 이상 치즈가 아니라고 답했다. 황후는 자신이 무한히 다양한 자연의 작품을 보았으며 생물의 종은 지속되더라도 그 개체는 무한히 변화할 수 있다고 말했다. 하지만 생물의 다양한 종류와 발생에 대해 말해 주었으니 이제 생물의 감각 지각에 대해 관찰한 바를 알려 주시오, 황후는 말했다. 진정 폐하께서는 저희에게 너무 어려운 질문들을 던지시는

데, 저희가 만족스러운 대답을 드릴 수가 없습니다. 세상에는 많은 다른 종류의 생물이 있는데, 각각의 지각력이 모두 다른 것처럼 기관도 다 달라서 저희의 감각으로는 발견할 수 없습니다. 오직 굴에서만 놀라운 사실을 관찰했는데, 굴의 일반적 지각기관은 껍질이 닫히는 바로 그 부분에 있어서 조수가 밀려오고 나갈 때마다 껍질이 열리고 닫히면서 압력과 반동을 감지하는 것 같았습니다.

이 모든 이야기를 한 다음, 황후는 벌레인간에게 지상에서 서리가 어떻게 만들어지는지 정확히 설명해 보라고 했다. 이에 그들은 서리는 물고기와 새 인간이 물이 소금 분자와 산성 분자가 혼합되어 얼음과 눈으로 응결되는 과정을 묘사했던 것과 비슷하게 만들어진다고 대답했고, 이 설명은 화학자인 원숭이인간이 그들의 화학원소인 소금, 황, 수은*을 정립하는 데 큰 도움이 되었다. 하지만 황후가 말하기를, 만약 그렇다면 그토록 엄청난 양의 얼음과 서리, 눈을 만들기 위해서는 무한히 많은 소금 분자가 필요하지 않겠는가? 게다가 눈과 얼음, 서리가 다시 이전의 원소로 돌아가면 그 소금 분자는 어떻게 되는지 알고 싶소. 하지만 이 질문에는 벌레인간도 물고기인간도 새인간도 대답하지 못했다.

그러자 황후는 왜 샘물은 바닷물처럼 짜지 않은지, 왜 샘물에도 조수 간만이 있는지 이유를 물었다. 이에 몇몇은 일부 샘물에서 보이는 조수 간만 현상이 땅속에 있는 텅 빈 동굴에 바닷물이 밀어닥쳐 자기 식의 조수 간만에 따라 샘물을 앞으

* 연금술의 3원소를 구성하는 물질로, 연금술사는 이 세 가지 물질을 적절히 화합하면 금을 만들 수 있다고 믿었다.

로 밀어내고 뒤로 끌어당겨서 생긴다고 답했지만, 다른 이들은 샘물이 땅에서 빨아들인 소량의 소금과 산성 분자에서 기인한다고 했다. 미각으로 감지할 수 있을 정도의 양은 아니지만 조수 간만 운동을 일으키기에 충분하다는 것이다. 샘물이 담수인이유는 관찰을 통해 다음과 같이 설명했다. 축을 중심으로 지구가 빠른 회전운동을 하기에 땅속에는 상당한 열기가 있는데, 그 열기가 땅속 희박한 부분을 증류해서 싱거운 담수가 만들어지고, 그 물이 땅의 구멍을 통해 저항이나 방해 없이 터져 나올 수 있는 곳으로 전달되어 샘과 수원이 되며, 증류된 이 땅속의 물이 더 밀집되고 건조한 부분들을 회복시키고 자양분을 준다는 것이다. 이 설명으로 황후는 새인간이 알려 준 대로 지구가 운동하고 태양이 고정되어 있다는 의견이 옳다는 것을 확인했다. 그러고 나서 황후는 벌레인간에게 광물과 식물도 그 땅속 열기로 만들어지는지 물었다. 이 질문에 그들은 명확한 대답을 하지 못했고, 다만 열기와 냉기는 식물이나 광물, 그 외 생물을 만들어 내는 근본 원인이 아니라 결과일 뿐이라고 단언했다. 이런 저희의 주장을 증명하기 위해 어떤 종류의 유형적 운동이 변하면 지금은 뜨거운 것이 차가워지고 지금은 차가운 것이 뜨거워지는 것을 관찰했습니다, 그들은 말했다. 하지만 저희가 발견한 바로, 가장 뜨거운 곳은 지구의 중심입니다. 또한 열대에는 온대 지방만큼 금과 은이 많지도 않고, 금이 있는 곳에는 철과 납이 많이 비축되어 있지도 않습니다. 이 금속들은 양쪽 극지방에 가까운 추운 지역에서 대부분 발견됩니다. 황후는 그들에게 이 관찰 결과를 자신의 화학자인 원숭이인간들에게 전달해서 금이 강렬한 열기가 아니라 적당한 열기에 의해 만들어진다는 것을 알리라고 명했다. 여기서 더 나아가 황후는 기술

로 금을 만들 수 없느냐고 물었다. 폐하께 확실히 말씀드릴 수
는 없지만 만약 가능하다면 주석과 납, 놋쇠, 철, 은이 그런 인
공적 변환에 가장 적당한 금속이라고 생각한다고 대답했다. 그
러자 황후는 기술로 철이나 주석, 납, 은을 만들 수 있느냐고 물
었다. 그들은 자기들이 생각하기에는 아니라고 답했다. 그러자
황후가 말했다. 그대들의 판단은 너무나 규칙이 없는 것 같소.
그대들은 너무나 변함없는 금속이라 그 내부 형태를 분리시킬
수 있는 물질이 아직까지 발견되지 않았다는 금은 인공적으로
만들 수 있을 거라면서, 금보다 훨씬 더 약하고 저급한 금속인
주석이나 납, 철, 놋쇠, 은은 만들 수 없다고 믿으니 말이오. 하
지만 벌레인간은 자기들은 그 기술에 대해서는 모르며 그 질문
은 황후의 화학자인 원숭이인간의 소관이라고 변명했다.

　　그러자 황후는 그들의 감각 지각으로 식물과 광물의 내부
유체적(內部有體的), 구상적 운동을 관찰할 수 있는지 물었다.
그들은 자신의 감각으로는 운동이 일어난 뒤에는 감지할 수
있지만, 그 전에는 불가하다고 답했다. 그럼에도 불구하고, 자
연 생물의 내부적, 구상적 운동이 외부적, 동물적, 감각적 지각
에 종속되지는 않지만, 운동이 규칙적일 경우 그 운동과 운동
이 생겨나는 과정을 자신의 합리적 지각으로 판단할 수도 있
을 거라고 대답했다. 이에 황후가 곰인간에게 그들에게 최고의
현미경을 몇 대 빌려 주라고 명령하자, 곰인간은 미소를 지으
며 땅속에는 빛이 없으니 현미경은 거의 무용지물일 거라고 대
답했다. 현미경은 빛의 다양한 반사와 위치에 따라 외부의 대
상을 제시할 뿐이며, 빛이 없는 곳에서는 아무 소용도 없기 때
문이다. 이에 벌레인간은 굴절, 반사, 굴곡 같은 것은 잘 모르
지만 땅속 깊은 곳에서도 눈이 먼 것은 아니라고 했다. 그들도

땅속에 사는 여러 가지 종류의 광물과 미세 동물을 볼 수 있으며, 그 미세 동물도 눈이 먼 게 아니라 다른 동물의 시각, 미각, 후각, 촉각, 청각 등처럼 쓸모 있는 감각 지각을 가지고 있다는 것이다. 이로써 자연은 지하, 즉 땅속 깊은 곳에서 사는 생물에게도 지상이나 공기 중, 물속에서 사는 생물에게 그러듯이 넉넉히 베푼다는 것을 분명히 알 수 있다. 하지만 벌레인간이 계속해서 말했다. 땅속 깊은 곳에도 빛이 있기는 하지만 지하에서 사는 생물은 지상에서 사는 생물 같은 시각이 없기에 당신들 현미경은 별로 소용이 없을 겁니다. 그러니 그 생물의 지각에 맞는 현미경을 가지고 있는 게 아니라면, 당신들 현미경은 어쨌거나 도움이 되지 않을 거요. 황후는 벌레인간의 대답에 매우 흡족해 보였고, 더 나아가 땅속의 광물과 다른 모든 생물이 무색이냐고 질문했다. 그 질문에 그들은 웃음을 참지 못했다. 황후가 왜 웃느냐고 물었다. 폐하께 삼가 용서를 빌겠습니다. 무색의 개체라는 소리를 들으니 웃지 않을 수가 없었습니다, 그들이 말했다. 색이라는 것은 다른 개체에 들어가지 않고서 그 자체로는 실재가 없는 비물질적인 것이라, 그저 우연에 불과한 것 아니오, 황후가 말했다. 폐하께 그렇게 설명한 자들의 이성적 활동은 매우 흠투성이인 게 분명합니다, 그들은 대답했다. 본래 무(無)인 것이 어떻게 자연에서 실재를 가질 수 있다는 말입니까? 본질적 실체가 없다면 실재가 있을 수 없고, 실재가 없다면 무(無)입니다. 그러므로 스스로 살아가는 것과 다른 개체 속에서 살아가는 것의 차이는 아주 미세한 것에 불과하고 무의미합니다. 자연에는 혼자서, 혹은 스스로 (그러니까 단독으로) 살아갈 수 있는 것은 아무것도 없습니다. 자연의 모든 부분은 하나의 개체를 이루는데, 그 부분들 각각은 무한

히 나눠지고 뒤섞이고 변할지 몰라도 일반적으로 볼 때 자연이
지속되는 한 부분은 부분으로부터 분리될 수 없습니다. 아니,
하나의 원자가 죽어 사라지면 무한한 자연조차 이내 멸망할 거
라고 단언할 수도 있습니다. 그러므로 폐하께서는 색이 없는
개체는 없고 개체가 없는 색도 없다고 굳게 믿으셔도 됩니다.
색, 형상, 부분, 크기, 개체는 모두 서로 분리되거나 추출되지
않는 하나이니까요.

　　황후는 벌레인간의 이야기에 완전히 마음을 빼앗겨서 처
음 질문했을 때 웃음을 터뜨렸던 무례함을 용서해 주었을 뿐만
아니라 지금까지 들은 것들 중 가장 합리적이라고 생각한다며
그 의견에 완전히 동의했다. 그러고는 계속해서 질문을 이어
나가 크기와 질과 무관하게 땅속에서 식물과 광물 등을 만들어
내는 배아 원소를 본 적 있느냐고 물었다. 이에 그들은 광물의
종자라면 자신의 감각 지각으로는 한 번도 본 적 없다고 대답
했지만, 식물에는 식물을 만들어 내는 씨앗이 있다고 했다. 그
러자 황후는 그 식물의 씨앗은 자신의 종을 상실하는 것이 아
니냐고, 즉 자손을 생산하면서 절멸되는 것이 아니냐고 물었
다. 이에 그들은 어떤 것도 절멸로 만들어질 수 없으며, 식물
의 씨앗은 생산 과정에서 절멸되는 것이 아니라 오히려 수없이
증가하고 번식한다고 대답했다. 하나의 씨앗이 분열되면 거기
서 수많은 씨앗이 나오기 때문이다. 하지만 황후는 특정 부분
은 자기 스스로 증가할 수 없다고 했다. 그들은 그것이 사실이
지만 혼자서 간신히 하는 것이 아니라 생산을 돕는 다른 부분
과 결합하고 뒤섞여 증가하고, 모방을 통해 자신의 부분을 이
러저러한 특정 형태로 형성한다고 대답했다. 그렇다면 부디 그
씨앗들이 어떤 위장을 하고 변형 과정에서 어떻게 자신을 숨기

는지 알려 주시오, 황후가 말했다. 그들은 씨앗은 전혀 위장하
거나 숨지 않으며 오히려 후손을 증식시켜 나가는 과정에서 스
스로를 드러낸다고 답했다. 다만 감각 지각으로부터 스스로를
숨기고 감추어서 그 구상적, 생산적 운동이 동물들에게 감지되
지 않는 것뿐이다. 황후는 또다시 땅속에 비실재가 있느냐고
물었다. 이에 그들은 그런 것은 들어본 적 없으며, 폐하께서 그
진실에 대해 알고 싶으시면 비실재와 매우 유사해서 그 질문에
대해 만족스러운 대답을 해 줄 수도 있을 비물질적 영(靈)이라
불리는 생물에게 물어보셔야 한다고 대답했다. 그러고는 황후
는 형상의 시작에 대한 그들의 의견을 듣고자 했다. 그들은 황
후께서 뜻하는 바를 모르겠다고 했다. 자연에는 시작이, 특정
개체의 시작이 없기 때문이다. 자연은 영원하고 무한하며 특정
개체는 그들 자신의 물질적, 구상적 자발 운동으로 무한히 변
화하고 변용되기에, 자연에는 새로운 것이란 없으며 정확히 말
하자면 어떤 것의 시작도 없다. 황후는 이 모든 대답에 만족했
고, 땅속에 사는 생물이 사용하는 기술이 없는지 물었다. 그들
은 대답했다. 있습니다. 지구의 여러 부분은 서로 결합하고 조
력하여 이러저러한 개체를 조직하거나 구성하기 때문입니다.
많은 경우 내분과 분열이 생겨 혼종을 만들어 내기도 합니다.
예를 들어, 아름다운 꽃과 쓸모 있는 과일 대신 생겨나는 잡초
처럼 말이죠. 하지만 정원사와 농사꾼이 종종 이 불화를 해결
해서 서로 조화하도록 만드는데, 불화 당사자에게는 친절한 일
이지만 지하에서 사는 벌레와 다른 동물에게는 커다란 손해입
니다. 그런 일은 흔히 그들의 죽음과 파멸을 초래하고, 기껏해
야 거주지에서 쫓겨나게 만들거든요. 뭐라고, 황후는 말했다.
벌레가 흙에서 만들어지는 게 아니오? 일반적으로 벌레는 다

른 모든 자연 생물과 마찬가지로 자연의 유체적 구상적 운동에서 생겨나지만, 개별적 생성 과정으로 말하자면 자기 종의 본질에 따라 어떤 것들은 꽃에서, 어떤 것들은 뿌리에서, 어떤 것들은 과일에서, 어떤 것들은 평범한 흙에서 만들어집니다, 그들이 답했다. 그렇다면 그것들은 생명을 준 부모를 먹고 자라니 매우 배은망덕한 자식이구나, 황후가 대답했다. 그들의 생명은 자기 것이지 부모의 것이 아닙니다, 그들이 답했다. 자연의 어떤 부분도 생물도 생명을 주거나 앗아 갈 수 없습니다. 부분은 그저 다른 부분을 돕고 결합해서 다른 부분과 생물을 죽이거나 생겨나게 할 뿐이지요.

황후는 벌레인간과 몇 번의 회의를 더 한 뒤 그들에게 물러나라고 명했고, 몇몇 대답에 크게 만족해서 연구와 관찰에 매진하라고 격려했다. 그러고는 화학자 원숭이인간에게 회의를 소집하여 그들의 기술로 만들어 낼 수 있었던 몇몇 변형 과정에 대해 설명할 것을 명했다. 그들은 먼저 자연체의 원시 원소들과, 어떻게 자기의 기술로 자연체의 구성 원소를 발견했는지에 대해 길고 지루한 이야기를 시작했다. 하지만 그들의 의견이 모두 같지는 않았다. 일부는 모든 자연체의 원소는 불, 공기, 물, 흙의 네 가지 요소이며, 이것이 자연체를 이루고 있다고 말했지만, 다른 이들은 이 기본 혼합물을 부정하며 아무리 불을 가해 봐도 네 가지 요소 중 아무것도 추출되지 않는 자연체가 많고, 반면 불을 가해 분해했을 때 네 가지 이상의 서로 다른 성분으로 환원되는 자연체도 다양하다고 말했다. 이들은 자연체의 유일한 원소가 소금과 황, 수은이라고 단언했다. 이에 다른 이들은 앞서 말한 어떤 것도 자연체의 진정한 원소라고 할 수 없으며, 자신이 화학에 성실한 노력을 기울인 결과 모

든 자연체는 단 하나의 원소, 즉 물에서 만들어진다는 것을 발
견했다고 공언했다. 모든 식물과 광물, 동물은 각자의 종자의
힘으로 다양한 형상의 특성을 띠게 된 단순한 물에 지나지 않
는다는 것이다. 하지만 이 문제를 놓고 수많은 논쟁과 다툼을
벌인 끝에 너무나 지친 황후는 더 이상 그들의 말을 듣고 있을
수가 없어서 모두에게 조용히 하라고 명한 다음 담화를 공표
했다.

　　그대들이 자연체의 원소를 발견하기 위해 화학에 기울인
노고에 대해서는 내 너무나 잘 알고 있소. 그 노고가 그런 실
험들 말고 다른 일에 더 값지게 쓰였다면 좋았을 텐데. 내 합
리적, 감각적 지각을 이용해 자연과 자연의 작품을 관찰하고
숙고한 끝에 자연이 자가 운동의 힘으로 무한한 부분으로 나
누어지고 그 활동적인 부분이 무한히 혼합되고 나눠지면서 끊
임없이 변화와 변형을 거듭하는 하나의 무한한 자가 운동체라
는 것을 발견했기 때문이오. 자, 균형 잡힌 감각과 이성에 따르
면 분명 그렇지 않을 리가 없어 보이고, 사실이 그렇다면 자연
체의 근본적 성분이나 구성 원소를 찾는 것은 헛수고요. 자연,
즉 자기 스스로 움직이는 물질에는 오직 하나의 보편적 원소
가 있으며, 그것이 자연의 모든 결과물의 유일한 원인이오. 다
음으로 불은 자연의 하나의 피조물 혹은 결과물이며, 여러 자
연체에 서로 다른 영향들을 가져올 뿐만 아니라 어떤 자연체
에는 아무런 효력도 끼치지 못한다는 것을 그대들이 고려하기
바라오. 금을 보시오. 불은 금의 내적 형태에 이제껏 어떤 변화
도 가져올 수 없지 않았소. 상황이 이럴진대, 그대들은 왜 그토
록 단순하게 불이 자연의 원소들을 보여 줄 수 있다고 믿는 거
요? 네 가지 요소나 물, 아니면 소금과 황, 수은, 이 전부도 자

연의 특정 결과물이나 피조물에 불과한데, 왜 이것이 모든 자연체의 원시 성분이나 원소라고 믿는 거요? 그러므로 나는 그대들이 그런 무익한 시도에 더 이상 노고를 쏟지도, 시간을 낭비하지도 말고 지금부터는 더 현명하게 공공에 도움이 될 실험에 매진하기를 바라오.

황후는 원숭이인간에게 이렇게 자신의 의사를 분명히 밝히고 지시를 내렸다. 그것은 황후가 자연철학에 그렇게 굉장하고 유능한 판단력을 갖추고 있음을 몰랐던 그들이 예상했던 것보다 더 훌륭했다. 그리고 화학 준비 작업에 대해 황후는 그들과 몇 번 회의를 했다. 이야기의 간결성을 위해 그 회의에 대해 자세한 이야기는 하지 않겠다. 황후는 무엇보다 황족은 어떻게 해서 그렇게 젊어 보이면서도 어떤 사람들은 200년, 어떤 사람들은 300년, 또 어떤 사람들은 400년에 달할 정도로 오래 살았다고 전해지는지, 원래 타고났는지 아니면 신의 특별한 축복인지 물었다. 이에 그들은 그 세계의 일부에는 황금 모래를 함유한 속이 텅 빈 암석이 다소 있고 그 암석에서는 100년이 지나야 성숙해서 완전한 효력을 발휘하는 수지가 나오는데, 이 수지를 따뜻한 손으로 잡고 있으면 녹아서 기름이 되고 효과는 다음과 같다고 대답했다. 그 기름을 쇠약한 노인에게 일정 기간 동안 매일 완두콩 크기 정도로 주면 처음에는 일주일 남짓 침을 뱉고, 그 뒤에는 담을 토해 내며, 그 뒤에는 처음에는 연노랑, 다음에는 진노랑, 그다음에는 녹색, 마지막에는 검은색에 이르는 다양한 색의 체액을 구토로 배출한다. 이 체액은 각각 다른 맛인데 어떤 것은 신선하고 어떤 것은 짜고 어떤 것은 시큼하고 어떤 것은 쓴맛 등이 난다. 이렇게 구토를 해도 몸이 아픈 것은 아니며, 환자는 어떤 고통이나 불편 없이 갑자기 자기도 모르게 구토를 한다. 이런 효과를 다 발휘하여 위장과 다른 몇몇 신체 부위를 깨끗이 청소하고 나면, 입을 통해 그랬던 것처럼 같은 방식으로 뇌에 작용해서 코를 통해 각종 체액을 배출시킨다. 다음에는 용변, 그다음에는 소변, 그다음에는 땀, 마지막으로는 코피와 치핵 출혈을 통해 몸을 깨끗이 한다. 그 수지는 이 모든 효과를 6주 남짓 사이에 일으킨다. 아주 강하게 작용하지 않고 부드럽게, 서서히 작용하기 때문이다. 전 과정이 끝나고 난 다음 마지막으로는 몸에 두꺼운 딱지가 생겨나고 머리카락과 치아, 손톱이 빠진다. 그 딱지가 완전히 여물면 먼저 등부터 시작해 갈라지면서 갑옷처럼 한 조각이 벗겨지는데, 이 모든 과정이 4개월 내에 일어난다. 그 뒤 환자를 수지와 즙액으로 처리한 방수포*에 싸서 그 상태로 치료를 처음 시작했을 때로부터 9개월, 즉 자궁에서 아이가 형성되는 시간이 경과될 때까지 둔다. 그동안 환자는 독수리 알과 암사슴 젖 외에 아무것도 먹지 않는다. 방수포를 벗겨 내고 나면, 환자는 외형으로나 기운으로나 스무 살 정도로 보이게 된다. 효과가 좀 약한 수지는 상처 치료와 가벼운 병에 탁월한 효과가 있다. 하지만 황족은 석회수 또는 석회암이 잠겼던 물만 음료수로 마시고, 고기는 여러 가지 새 고기만 먹으며, 오락거리는 다양하지만 주로 사냥을 한다는 것 또한 알아야 한다.

이 설명을 듣고 황후는 몹시 놀랐다. 전에 있던 세상에서도 철학자의 돌**에 대한 소문은 들었지만 그 돌을 찾았다는 사람 이야기는 한 번도 들은 적이 없어서 그건 망상에 불과한 이

* 시신을 감쌀 때 쓰는 천.
** 연금술사가 다른 금속을 금과 은으로 변환시켜 준다고 믿었던 물질.

야기라고 믿었었다. 또한 사용 방법에 따라 바깥의 병이건 내
면의 병이건 온갖 병을 고친다는 조그만 돌을 가진 사람이 그
세상에 있었다는 이야기, 그리고 유명한 연금술사가 그 자체의
불로 모든 병을 태워 없애 버린다는 만물 용해액이라는 용액
을 발견했다는 이야기도 떠올렸으나, 노화를 회복시켜 아름답
고 활기차며 강하게 만들어 주는 약에 대해서는 한 번도 들어
본 적이 없었다. 또한 그것이 기술로 만든 약품이었다면 황후
는 쉽게 믿지 않았을 것이다. 기술이란 바꿔치기한 자연의 아이
와 같아서 그런 강력한 효과를 만들어 낼 수 없어서다. 하지만
그 수지는 자연적으로 생겨난 것이라 황후는 별로 주저하지 않
았다. 자연의 작품은 너무나 다양하고 놀라워서 어떤 생물도 자
연 방식들의 유래를 추적할 수 없다는 것을 알기 때문이다.

　　화학자와의 회의가 끝나자 황후는 갈레노스파 의사와 본
초학자, 해부학자를 소집했다. 먼저 황후는 본초학자에게 몇
몇 풀과 약제의 특정 효과와 그 효과가 어디서 나오는지 물었
다. 이에 그들은 그 풀과 약제의 효능과 작용에 대해서는 대부
분 말할 수 있지만 효과의 특정 원인은 알 수 없다고 대답했다.
다만 말할 수 있는 것은 그 작용과 효능이 일반적으로 고유의
타고난 유체적, 구상적 운동에서 생겨나며, 그 운동은 무한한
자연 속에 무한히 다양해서 무한히 다른 효과를 만들어 낸다
는 것이다. 또한 풀과 약제는 사람이 말과 행동에서 그렇듯 현
명하게, 아니, 더 현명하게 효능을 발휘하며, 그 효과는 사람의
의견보다 더 확실하다고 그들은 말했다. 그것들은 사람처럼 말
을 하지는 못하지만 사람과 마찬가지로 감각과 이성이 있으며,
담론 능력이란 특정 생물, 즉 인간에게 있는 감각과 이성의 특
정 결과물일 뿐 자연의 법칙이 아니어서 종종 지혜롭기보다는

어리석은 주장을 펴기 때문이다. 황후는 다른 약제를 합성하고 혼합하여 홀로 사용했을 때와 다른 효과가 나게 할 수는 없는 지 물었다. 그들은 인위적 효과를 나게 할 수는 있지만 타고난 고유의 특정 본질을 바꿀 수는 없다고 대답했다.

　　다음으로 황후는 해부학자에게 괴물이라 불리는 생물을 해부하라고 명했다. 그러나 그들은 그것이 무익하고 소용없으 며 더 나은 일을 하는 데 방해가 될 뿐이라고 대답했다. 그들은 말했다. 저희가 죽은 동물을 해부하는 것은 오로지 거기에 어 떤 결함과 병이 있는지 관찰해서 살아 있는 동물에게 발생하는 동일한 문제를 해결하려는 목적이 있을 때입니다. 저희의 모든 관심과 노력은 오로지 인류를 존속시키는 데 있습니다. 그러니 진기함 때문이 아니라면 대부분 죽임을 당하는 괴물을 폐하께 서 보존하려 하지 않으시기를 바랍니다. 또한 괴물을 해부하는 것은 자연의 비정상적 활동의 실수를 예방하지도 못합니다. 일 부를 해부한다고 해서 다른 것들이 생겨나는 것을 막을 수 없 으니까요. 그러므로 저희의 수고와 노동은 꼬치꼬치 캐기 좋아 하는 인간의 호기심을 만족시켜 주는 것 외에는 헛된 일이 될 것입니다. 황후는 그런 해부는 실험철학자에게 매우 유용할 것 이라고 대답했다. 그들은 실험철학자가 쓸모없는 조사에 시간 을 쓴다면 시간을 헛되이 보내는 셈이며 고생해 봤자 수고 외 에는 남는 게 없을 것이라고 했다.

　　마지막으로 황후는 갈레노스파 의사와 몇몇 병에 대해 회 의를 했고, 그중 뇌졸중과 반점열의 원인과 성질에 대해 알고 자 했다. 그들은 치명적인 뇌졸중은 뇌가 죽은 듯이 마비되는 것이며 반점열은 급소에 생기는 괴저라고 설명하고, 외부에 생 기는 괴저는 안쪽으로 치고 들어가고 안쪽에 생기는 괴저는 바

깥쪽으로 터져 나오기에 원인인 반점이 생기자마자 죽음이 뒤
따른다고 대답했다. 그것은 퍼져 나가는 병인 괴저에 온몸이
완전히 감염되었다는 확실한 표시이기 때문이다. 하지만 어떤
괴저는 다른 종류보다 더 갑자기 퍼지며, 모든 종류의 괴저 중
에서 역병 괴저가 가장 전염성이 높다. 다른 괴저는 한 개체 내
에서 인접한 부위만 감염시키며 그 생물을 죽이고 나면 더 이
상 진행되지 않고 끝나는 데 비해, 역병 괴저는 한 개체 내의
인접 부위를 감염시킬 뿐 아니라 멀리 있는 것들까지 감염시
킨다. 즉, 한 개체가 다른 개체를 감염시키고, 그래서 광범위하
게 전염병을 퍼뜨린다. 하지만 황후는 역병이 어떤 식으로 증
식하며 전염되는지 몹시 알고 싶어 하며 역병이 실제로 한 개
체에서 나가 다른 개체로 들어가는지 물었다. 이에 그들은 역
병이 부분으로 나눠지고 혼합되며 생기는지, 그러니까 날숨과
들숨에 의한 것인지, 아니면 모방에 의한 것인지, 그 문제는 그
분야의 식자 사이에서 큰 논쟁거리라고 대답했다. 그들은 말했
다. 일부 경험철학자는 현미경을 통해 역병이 원자 같은 조그
만 파리 무리임을 관찰했으며 이것들이 감각 통로를 통해 하
나의 개체에서 나가 다른 개체로 들어간다고 우리를 설득하려
하지만, 학회에서 가장 노련하고 현명한 철학자들은 이 의견을
터무니없는 망상이라고 거부했고 대체로 부분의 모방에서 일
어난다고 믿고 있습니다. 일부 건강한 부분의 운동이 감염된
부분의 운동을 모방하고, 이런 방법으로 역병이 전염되고 퍼져
나간다는 거죠.

　지금까지 새, 물고기, 벌레, 원숭이 인간 등을 심사하고 그
들이 한 몇 가지 연구에서 나온 정보를 들으며 시간을 보낸 황
후는 마침내 진지한 담론으로부터 기분을 전환하고 싶은 마음

이 들었고, 그래서 황후의 수학자인 거미인간과 기하학자인 이
(蟲)인간, 웅변가와 논리학자인 까치, 앵무새, 갈까마귀 인간
을 불렀다. 거미인간이 가장 먼저 와서 황후 앞에 온갖 종류의
사각형과 원, 삼각형 등의 수학적 점과 선, 숫자가 가득한 표
를 내놓았다. 황후는 매우 재치 있고 이해력이 빠른데도 그 표
를 이해할 수 없었고, 배우려고 노력하면 노력할수록 더 혼란
스러워졌다. 그들이 과연 원을 네모지게* 했는지, 상상의 점과
선을 만들어 낼 수 있었는지는 내가 정확히 말할 수 없지만, 이
것만은 감히 말할 수 있다. 그들의 점과 선은 너무 가늘고 작고
얇아서 거의 상상의 산물처럼 보였다. 수학자는 여러 분야에
서 가장 중요한 개인 교사이자 선생일 뿐만 아니라 그중 몇몇
은 굉장한 마법사이자 영(靈)의 정보원이어서 황후가 크게 존
경하고 있었다. 그런데 그들의 기질은 너무나 난해하고 복잡해
서 황후는 그들에 대해 어떻게 생각해야 할지 알지 못했다. 황
후는 말했다. 그대들의 분야는 너무 배울 것이 많아서 내가 다
른 일에서 시간을 빼서 그대들 일에만 몰두할 수도 없고, 그렇
게 할 수 있다 해도 그대들의 상상의 점과 선, 숫자는 이해할
수 없을 것 같소. 그건 비실재이니까 말이오.

　다음에는 이인간이 와서 모든 것을 한 치의 오차도 없이
치수를 재고 원자 하나에 이르기까지 무게를 달려고 노력했지
만, 그 무게는 좀처럼 일치하지 않았다. 특히 공기의 무게를 재
는 것은 더 어려워서 그들은 이것이 불가능한 임무임을 깨달았
다. 이에 황후는 심기가 언짢아지기 시작했고, 그들의 직업에
는 진실도 정의도 없다며 그 학회를 해산시켜 버렸다.

　　* 불가능한 일을 시도한다는 의미.

그러고 나서 황후는 웅변가와 논리학자인 까치와 앵무새, 갈까마귀 인간의 이야기를 듣기로 결심했고, 그래서 앵무새인 간 하나가 굉장히 격식을 차리며 일어나 황후 앞에서 웅변적인 연설을 하려고 애썼다. 하지만 그는 반도 채 끝내기 전에 주장과 분열이 너무 넘쳐 머리가 온통 뒤죽박죽이 되는 바람에 더 이상 계속하지 못하고 자신과 학회 전체에 크나큰 치욕을 안긴 채 뒤로 물러날 수밖에 없었다. 동료 하나가 또 다른 연설로 그를 지지하려 했지만 그도 앞 사람이 이른 곳까지밖에 가지 못했다. 이에 황후는 적지 않게 당황한 기색을 띠며 그들이 기술적 규칙을 지나치게 따르고 지나치게 미세한 절차와 차이에 매달려 자기 혼란을 초래하고 있다고 했다. 하지만 그대들이 본래 달변인 데다 훌륭한 기억력을 가진 사람들이라는 것을 내 알고 있으니 부자연스러운 마침표와 문장의 전후 관계, 품사보다 말하는 내용에 더 신경을 쓰고 나머지는 타고난 웅변술에 맡기시오, 황후는 말했다. 그들은 그 말에 따랐고, 그래서 매우 저명한 웅변가가 되었다.

　　마지막으로 황후는 논리학자가 논쟁의 기술에서 어떤 진척이 있었는지 알기를 원하며 그들에게 몇 가지 주제 또는 문제에 대해 주장을 펼쳐 보라고 명했다. 그들은 명에 따라 논리용어와 명제로 근사한 담론을 만들고 모든 격과 식을 거치며 삼단논법을 이용하여 논쟁에 돌입했다. 한 사람이 제1격의 제1식의 주장으로 이렇게 시작했다.

　　모든 정치가는 현명하다:
　　모든 악당은 정치가이다,
　　그러므로 모든 악당은 현명하다.

또 다른 사람은 같은 격의 제2식 삼단논법으로 이렇게 그를 반박했다.

어떤 정치가도 현명하지 않다:
모든 악당은 정치가이다,
그러므로 어떤 악당도 현명하지 않다.

세 번째는 같은 격의 제3식으로 이런 주장을 만들었다.

모든 정치가는 현명하다:
일부 악당은 정치가이다,
그러므로 어떤 악당은 현명하다.

네 번째는 같은 격의 제4식 삼단논법으로 이렇게 결론 내렸다.

어떤 정치가도 현명하지 않다:
일부 악당은 정치가이다,
그러므로 일부 악당은 현명하지 않다.

그런 다음 그들은 다른 주제를 들고 왔고, 한 사람이 이런 삼단논법을 제출했다.

모든 철학자는 현명하다:
모든 짐승은 현명하다,
그러므로 모든 짐승은 철학자이다.

하지만 또 다른 사람은 이 주장은 거짓이라며, 제4식의 제2격 삼단논법으로 이렇게 그를 반박했다.

모든 철학자는 현명하다:
일부 짐승은 현명하지 않다,
그러므로 일부 짐승은 철학자가 아니다.

그렇게 그들은 논쟁을 벌였고 논쟁을 계속할 작정이었지만, 황후가 그들을 중단시켰다. 황후는 말했다. 그대들의 조각난 논리는 충분히 들었고, 이성에 혼란이 오고 머리를 쥐어짜는 듯 괴로우니 삼단논법은 더 이상 듣지 않겠소. 형식에 치우친 그대들의 논법이 모든 자연스러운 기지를 망가뜨리겠소. 기술이 이성을 만드는 것이 아니라 이성이 기술을 만든다는 것, 따라서 이성이 기술 위에 있는 만큼 자연스러운 이성적 담론을 인위적인 담론 위에 두어야 한다는 점을 고려하시오. 기술이란 대부분 불규칙적이고, 인간의 이해를 교정하기보다는 어지럽히며, 사람을 절대 빠져나올 수 없는 미궁으로 끌고 들어가 쓸모 있는 일에 적합하지 않은 멍청한 사람으로 만드는 법이오. 서로를 반박하고 궤변을 내놓고 진리를 밝히는 대신 감추는 것으로만 구성된 그대들의 논리 기술이 특히 그러하오.
하지만 그들은 자연의 지식, 즉 자연철학은 논리의 기술 없이 불완전하며, 논쟁의 기술이 아닌 다른 방법으로는 절대 발견할 수 없는 비개연적 진리가 있다고 대답했다. 이에 황후는 말했다. 다른 모든 자연의 결과물과 마찬가지로 자연철학도 그러하다고 내 진실로 믿소. 지식은 구성할 수 있을 뿐만 아니라 나눌 수 있어서 어떤 특정 지식도 완벽하지 않으니 말이오.

아니, 정당히 말하자면 신을 제외하면 자연 자체도 완벽을 뽐
낼 수 없소. 자연에는 불규칙적 운동이 너무 많은데 기술이 이
를 정리할 수 있다고 생각하는 것은 어리석은 일에 불과하오.
기술 자체부터가 대부분 불규칙적이지 않소. 그런데 그 비개연
적 진리 말인데, 나는 그대들의 이야기가 무슨 뜻인지 모르겠
소. 진리란 비개연성을 넘어서는 것이오. 아니, 진리와 비개연
성 사이에는 너무나 큰 차이가 있어서 도대체 그 둘이 어떻게
함께 결합될 수 있는지 나는 도저히 이해할 수가 없소. 간단
히 말해서, 나는 그대들의 직업을 늘 지지하고 그대들의 학회
를 해산시키지는 않겠지만, 그대들의 이야기를 듣는 즐거움은
더 이상 누리지 않겠소. 그러니 논쟁으로 학계뿐만 아니라 신
학과 정치, 종교, 법까지 교란하고, 교회와 국가 모두를 완전히
무너뜨리고 파괴하지 않도록 논쟁은 그대들 학파 내에서만 하
시오.

　　이렇게 황후는 앞선 거장들의 학회와 담화와 회의를 마친
뒤, 홀로 그들의 종교 양식을 검토했고, 거기서 수많은 결함을
발견하고는 이렇게 현명하고 똑똑한 사람들이 신의 진리를 그
만큼 알지 못한다는 점을 염려했다. 그래서 황후는 모두를 자
신의 종교로 개종시키는 것이 가능할지 스스로 생각하며 검토
했고, 그러기 위해 교회를 짓고 여성 신도 회합을 열고 몸소 회
중의 수장이 되어 자신이 믿는 종교의 요점을 가르치기로 작정
했다. 황후는 곧장 이 일에 착수했고, 영리한 재치와 예민한 파
악 능력, 명민한 이해력, 견실한 판단력을 갖춘 여성들은 이내
매우 독실하고 열성적인 자매가 되었다. 그들에게 믿음의 규약
을 가르쳐 준 황후에게는 탁월한 설교의 재능이 있던 덕분이었
다. 그렇게 해서 황후는 금세 그들을 개종시켰을 뿐만 아니라

그 세계 전체에서 국민에게 열렬한 사랑을 얻었다. 하지만 마침내 인간의 변덕스러운 본성에 대해 곰곰이 생각해 본 황후는 시간이 지나면 다들 싫증 나서 신의 진리를 저버리고 자신의 망상을 좇아 자기 바라는 대로 살지도 모른다는 두려움이 생겼고, 결국 자신의 노고와 고심이 아무 소용 없어지지 않을까 걱정하기 시작했다. 그래서 황후는 이를 막기 위한 온갖 방법을 강구했다. 그중 불꽃을 일으키며 타오르는 산 이야기를 예전에 새인간이 해 주었던 것을 떠올린 황후는 즉시 가장 현명하고 명민한 벌레인간을 보내서 그 불길이 분출하는 원인을 찾으라고 명했다. 그들은 명에 따라 그 산의 맨 밑바닥까지 파고들어 갔다 오더니 산 밑바닥에 어떤 돌이 있는데 물에 젖으면 엄청나게 뜨거워져서 화염이 치솟으며 타오르다 물기가 마르면 타오르던 게 멈추는 성질이 있다고 황후에게 보고했다. 황후는 그 소식을 듣고 기뻐하며 벌레인간에게 당장 그 돌을 좀 가져오되 절대 비밀로 해야 한다고 명했다. 황후는 또한 새인간을 불러 태양석을 한 조각 가져올 수 있는지 물었다. 그들은 세상의 빛을 강탈하거나 감하지 않고서는 불가능한 일이라고 했다. 하지만 그들은 말했다. 폐하께서 괜찮으시다면 저희가 하늘의 수많은 별 중 하나를 부수도록 하지요. 그것은 세상이 절대 깨닫지 못할 테니까요.

황후는 이 제안에 몹시 만족해서 두 종류의 인간에게 임무를 맡겨 놓고, 그사이 두 개의 예배당을 아래위로 지었다. 그 하나는 지붕과 벽, 기둥을 모두 다이아몬드로 발랐고, 다른 하나는 성석(星石)으로 바르기로 결심했다. 불은 다이아몬드에 어떤 영향도 끼치지 못하니 화염석(火焰石)을 다이아몬드를 바른 위에다 붙였다. 화염석이 있는 예배당이 불타오르는 것처럼 보이게 하고 싶을 때는 물을 끌어들인 인공 도관의 꼭지를 돌리면 분수에서 물이 나오듯이 온 방에 물이 뿜어져 나왔고, 화염석이 젖어 있는 한 예배당 전체가 활활 불타오르는 것처럼 보였다.

성석을 바른 다른 예배당은 환하고 편안한 빛만 밝혔다. 두 예배당 모두 밤처럼 어두운 둥근 수도원 한가운데 기둥으로 지탱된 채 서 있었다. 그 안에는 화염석과 성석에서 나오는 빛 외에는 다른 어떤 빛도 없었고, 사방이 트여서 수도원 내 모든 사람이 마음대로 들여다볼 수 있었다. 게다가 둘 다 아주 인공 적으로 설계되어 중심 주위를 끊임없이 서로 반대 방향으로 원을 그리며 움직였다. 황후는 화염석을 바른 예배당에서는 악한 자에게 공포의 설교를 했고, 그들에게 죄의 형벌, 즉 이생이 끝난 뒤 영원히 꺼지지 않는 불 속에서 겪게 될 고통에 대해 말했다. 하지만 성석을 바른 다른 예배당에서는 죄를 회개하고 자신의 악함을 염려하는 자에게 위안을 주는 설교를 했다. 화염의 열기는 황후에게 전혀 방해가 되지 않았다. 화염석은 황후가 견디지 못할 정도로 엄청난 열기는 뿜지 않았다. 돌에 뿌리는 물이 돌의 자연적 운동으로 일어난 자가 운동을 통해 타오르는 불길로 변했고, 그래서 다른 종류의 연료를 넣었을 때보다 불길을 약하게 만들었기 때문이다. 성석을 바른 다른 예배당은 환한 빛을 내기는 했지만 열기가 없었고, 그 안에서 황후는 천사처럼 보였다. 그쪽 예배당이 지옥의 표상이라면, 이쪽 예배당은 천국의 표상이었다. 그렇게 황후는 기술과 창의적 재간으로 불타는 세계를 자신의 종교로 개종시켰을 뿐만 아니라 강요나 유혈 사태 없이도 변함없이 믿음을 유지하게 했다. 황후는 믿음이 사람에게 강요하거나 윽박지를 수 있는 것이 아니

며 부드러운 설득으로 마음에 스며들게 해야 한다는 것을 너무
나 잘 알고 있었다. 그녀는 다른 모든 의무와 일에 있어서도 이
런 식으로 사람을 격려했다. 공포는 사람을 복종하게 만들지만
오래가지 않으며, 사랑만큼 의무를 계속하게 만드는 확실한 방
법이 아니기 때문이다.

　　마지막으로, 이제 교회와 국가가 모두 잘 정리되어 자리
잡은 것을 본 황후의 생각은 자신이 떠나온 세계로 향했다. 그
세계의 상황을 알고 싶은 마음이 간절했지만, 그곳 소식을 알
방법을 찾을 수가 없었다. 마침내 수없이 진지하게 숙고한 끝
에 황후는 이 일은 비물질적 영의 도움을 받는 것 외에 다른 어
떤 방법으로도 불가능하다는 결론을 내리고, 앞서 말한 모든
종류의 인간 중 가장 박식하고 재치 있고 독창적인 자들을 소
집하여 이 세계에 비물질적 영이 있는지 알고자 했다. 먼저 황
후는 벌레인간에게 땅속에서 비물질적 영을 감지한 적이 있는
지 물었다. 그들은 그런 생물은 전혀 알지 못한다고 대답했다.
땅속에 사는 생물은 모두 유형적이고 물질적이라는 것이다. 그
러자 황후는 파리인간에게 공기 중에서 비물질적 영을 본 적이
있느냐고 물었다. 그대들에게는 수없이 많은 눈이 있으니 다
른 어떤 생물보다 더 잘 볼 수 있지 않겠소, 황후가 말했다. 이
에 그들은 영이 비물질적이라 땅속의 벌레인간은 감지하지 못
하지만, 자신은 그런 생물이 공기 매체 속에서 사는 것을 보았
다고 말했다. 그러자 황후는 그들에게 말을 걸 수 있는지, 서로
의 말을 이해할 수 있는지 물었다. 파리인간은 영은 늘 이런저
런 종류의 물질적 옷을 입고 있으며, 대부분 공기로 만들어진
그 옷이 그들의 몸인데, 경우에 따라 어떤 종류든 다른 물질을
입을 수 있지만 그 물질을 자기 마음대로 어떤 형상이나 모양

으로 만들지는 못한다고 말했다. 황후는 그들을 소개받아 함께
논의하는 것이 가능할지 파리인간에게 물었다. 그들은 그럴 수
있을 거라고 진실로 믿는다고 대답했다. 그러자 황후는 파리인
간에게 영들에게 자신을 방문해 달라고 요청할 것을 명했다.
그들은 명대로 했다. 영들이 (어떤 모양과 형상인지 정확히 말
할 수 없지만) 황후에게 나타나 서로 간에 약간의 인사가 오간
다음, 황후는 영들에게 질문하지 않는다고 했지만 그들은 그녀
가 이 세계에서 이방인이며 어떤 기적적 방법으로 이곳에 도착
했는지 이미 알고 있었다. 황후는 자신이 떠나온 세상의 상황
이 간절히 알고 싶었기 때문에 영들에게 그 세계, 특히 자신이
태어나고 자라고 배운 곳과 친구와 지인의 소식을 알려 달라
고 청했다. 영들은 황후의 바람대로 청을 다 들어주었다. 마침
내 수많은 대화를 하고 영들로부터 만족할 만큼 구체적 정보를
들은 황후는 그 세계에서 가장 유명한 학자와 작가, 실험철학
자의 소식을 물었고, 영들은 아주 자세한 소식을 알려 주었다.
무엇보다 황후는 아직 유대교의 카발라*를 발견한 사람이 없
냐고 물었다. 영들은 몇몇 사람이 노력했지만, (당사자들은 부
정해도) 가장 가까이 접근한 이는 디 박사라는 사람과 에드워
드 켈리라는 사람이며, 켈리와 디 박사의 관계는 아론과 모세
의 관계와 같아서 디 박사는 모세를 상징하고 에드워드 켈리는
아론을 상징한다고 대답했다.** 하지만 그들은 결국 사기에 불

---

* 카발라는 히브리어로 '전통'을 의미하며, 중세 유대교의 신비주의, 혹
은 그 밀교적 가르침을 기록한 서책을 말한다.
** 기독교 카발라 학자이자 신플라톤파 철학자였던 존 디(1527-1608
또는 1609)와 존 디의 가까운 친구인 연금술사 에드워드 켈리(1555-
1597). 아론은 모세의 형으로 이스라엘 최초의 제사장이다.

과한 것으로 판명되어 같은 나라의 벤 존슨이라는 유명한 시인
이 「연금술사」라는 희곡에서 이들을 다루었고, 거기서 켈리는
페이스 선장으로, 디스는 서틀 박사로, 그들의 두 아내는 돌 커먼
과 과부로 그려졌다. 그 희곡에 등장하는 스페인 사람은 스페
인 대사, 에피큐어 매먼 경은 폴란드 귀족을 빗댄 인물이다. 황
후는 그 희곡을 읽었던 것을 기억하고 영들에게 애너나이어스
라는 이름은 누구를 빗댔냐고 물었다. 그들은 네덜란드와 독
일, 그 외 몇몇 곳의 열성적인 동포라고 대답했다. 그러자 황후
는 약제사는 누구를 빗댔냐고 물었다. 영들은 그 희곡이 만들
어지고 상연된 게 너무 오래전이라 진실로 잊어버렸다고 답했
다. 뭐라고요, 황후는 대답했다. 영도 잊어버릴 수 있단 말입니
까? 영들은 과거란 기록되지 않으면 기억 속에 보관될 뿐이니
그럴 수 있다고 대답했다. 황후는 영에게는 기억이나 회상이
전혀 필요 없고 망각도 없을 거라 믿었다고 말했다. 그들은 기
억이 없다면 어떻게 현재의 일에 대해 이야기할 수 있겠냐고,
회상하지 않는다면 특히 기록되지 않은 과거의 일에 대해 어
떻게 이야기할 수 있겠느냐고 대답했다. 현재의 지식과 이해를
통해 이야기할 수 있지 않냐고 황후는 말했다. 영은 현재의 지
식과 이해는 과거가 아니라 현재의 행위와 일에 대한 것이라고
대답했다. 하지만 황후는 영들은 기억이나 회상 없이도 앞으로
일어날 일을 알고 있으니, 따라서 기억이나 회상 없이도 지난
일을 알지 않겠냐고 말했다. 그들은 자신의 예지는 오로지 과
거의 일이나 행위와 현재의 것을 비교하여 얻은 신중하고 미묘
한 의견이며, 회상은 그저 과거의 일과 행위를 반복하는 데 불
과하다고 대답했다.

　　그러자 황후는 영들에게 삼중의 카발라가 있냐고 물었다.

그들은 디와 켈리는 이중의 카발라, 즉 구약과 신약밖에 만들지 않았지만, 다른 이들은 두세 개뿐만 아니라 마음 내키는 대로 60개의 카발라를 만들었다고 대답했다. 황후는 그것이 전통적인지 그저 성서적인지, 아니면 직역적, 철학적, 혹은 도덕적 카발라인지 물었다. 영들은 어떤 이들은 그저 전통적이라고, 또 다른 이들은 성서적이라고, 어떤 이들은 직역적이라고, 어떤 이들은 은유적이라고 믿지만, 일부는 이것이고 일부는 저것이라는 게 진실이라고 대답했다. 일부는 전통적, 일부는 성서적, 일부는 직역적, 일부는 은유적이기 때문이다. 황후는 나아가 카발라가 오로지 자연적 이성의 작품인지 아니면 신적 영감의 작품인지 물었다. 많은 카발라 저자는 신의 영감을 받은 척하지만, 그게 사실이건 아니건 우리가 판단할 문제는 아닙니다, 영들이 말했다. 다만 거기에는 깊은 지혜와 강한 믿음이 필요하지, 자연적 이성이 필요한 것은 아니라는 점만은 꼭 말해 두고 싶습니다. 자연적 이성은 설득력이 강하지만, 카발라 학자에게 가장 필요한 것은 믿음이니까요. 하지만, 황후가 말했다. 자연적 이성이 있는 것처럼 신적 이성도 있지 않습니까? 아니요, 그들은 말했다. 존재하는 것은 신적 믿음뿐입니다. 이성으로 말하자면 자연적 이성뿐이고요. 하지만 당신네 인간은 이 신적 믿음과 자연적 이성을 너무도 이해 못 해서 그 둘을 어떻게 구분하는지 모르고 혼동하더군요. 그래서 이성과 믿음을 뒤죽박죽으로 뒤섞는 신학 철학자가 그렇게 많은 겁니다. 그러자 황후는 순수 자연철학자가 카발라 학자냐고 물었다. 그들이 대답했다. 아닙니다. 감각과 이성을 넘어서서 공부하는 신비적, 종교적 철학자만 그렇습니다. 황후는 신에게도 카발라가 있는지, 신은 이데아*로 가득 차 있는지 물었다. 그들이 대답했다. 신 안에는 아무것도 있을 수 없습니다. 형상이건 표상이건 무엇인가가 가득 차 있을 수도 없고요. 신 안에 있는 것은 오로지 신 그 자체뿐입니다. 신은 모든 것의 완성이며, 자연이건 초자연이건 어떤 생물의 이해도 넘어선, 설명할 수 없는 존재이니까요. 그렇다면 유대인의 카발라나 다른 카발라가 숫자로 이루어져 있는지 부디 알려 주십시오, 황후가 말했다. 영들이 대답했다. 아닙니다. 숫자란 기묘하고 다르며 카발라에 논쟁을 일으킬 것입니다. 하지만 황후가 다시 말했다. 그렇다면 카발라를 모르고 이해하지 못하는 건 죄인가요? 그들이 대답했다. 신은 너무나 자비롭고 정의로우셔서, 무지한 자를 벌하고 신과 신의 비밀스러운 의도를 카발라를 통해 잘 알고 있는 척하는 사람만 구원하지 않으시며, 두려움과 존경심, 순수한 마음으로 신을 받들고 숭배하는 사람을 사랑하십니다. 황후가 질문을 더 던졌다. 자연적 혹은 신학적 카발라 중 가장 입증된 것은 무엇입니까? 신학적 카발라는 신비적이라 믿음의 영역에만 속하지만, 자연적 카발라는 이성에 속합니다. 그러자 황후는 신적 믿음이 이성에서 나오냐고 물었다. 그들이 대답했다. 아닙니다. 믿음은 신 고유의 재능인 구원의 은총에서만 나옵니다. 이에 황후가 응답했다. 그렇다면 어째서 인간, 심지어 여러 의견을 가진 인간도 어느 정도 믿음을 가지고 있는 겁니까? 자연적 확신은 신적 믿음이 아닙니다, 그들이 대답했다. 황후는 계속해서 말했다. 하지만 어떻게 신은 알 수 없다고 그렇게 확신하는 거죠? 당신네 인간이 신에 대해 가진 여러 가지 의견

* 플라톤 철학의 중심 개념으로 감각 세계를 초월한 비물질적, 초월적 실재를 뜻한다.

이 그에 대한 충분한 증거입니다, 그들이 대답했다. 황후가 답했다. 좋아요, 그렇다면 신에 대해 이렇게 꼬치꼬치 캐묻는 것은 그만두고, 당신네 영이 자연체에게 움직임을 부여하는지 알려 주십시오. 아닙니다, 그들이 답했다. 그 반대로 자연 물체가 영에게 움직임을 부여합니다. 우리 영은 실체가 없어서 우리가 깃든 유형적 매체에서 오는 것이 아니고서는 어떤 운동도 하지 않습니다. 따라서 우리는 우리 몸의 도움으로 움직이지, 몸이 우리의 도움으로 움직이지는 않습니다. 순수한 영은 움직일 수 없으니까요. 황후가 대답했다. 그렇다면 어떻게 엄청나게 먼 거리를 그렇게 갑자기 움직일 수 있는 겁니까? 그들은 어떤 종류의 물질은 더 순수하고 희박해서, 결과적으로 다른 물질보다 더 가볍고 민첩합니다. 그래서 재빠르게 갑자기 움직일 수 있는 겁니다. 황후는 그렇다면 몸이나 신체 기관 없이도 말을 할 수 있는지 물었다. 그들이 대답했다. 아닙니다. 또한 우리는 어떤 신체적 감각도 가질 수 없으며 오직 지식만 가질 수 있습니다. 황후는 몸 없이도 지식을 가질 수 있는지 물었다. 그들은 자연적 지식이 아니라 초자연적 지식이며, 그것이 자연적 지식보다 훨씬 더 나은 지식이라고 대답했다. 그렇다면 일반적, 즉 보편적 지식을 갖는 거냐고 황후가 물었다. 그들은 단독으로, 즉 개별적으로 창조된 영은 그렇지 않다고 답했다. 신이 아닌 어떤 생물도 모든 것에 대한 절대적이고 완벽한 지식을 가질 수 없기 때문이다. 황후는 영에게도 안쪽 부분과 바깥쪽 부분이 있느냐고 물었다. 그들은 부분이라는 것은 몸에 속하지, 영에 속하지 않기에 없다고 답했다. 또 황후는 그들의 매체가 살아 있는 개체냐고 물었다. 그것들은 자가 운동체이고, 따라서 살아 있어야만 한다고 그들은 대답했다. 생명이 없다면 어떤 것도 스스로 움직이지 못하기 때문이다. 그렇다면 이에 따른 필연적 결론은, 살아 있는 자가 운동체가 영에게 움직임을 주는 것이지 영이 매체인 몸에게 움직임을 주는 게 아니라는 거군요. 옳으신 말씀입니다. 이건 앞서 말씀드린 바 있죠, 그들이 대답했다.

그러자 황후는 그들에게 그 매개체는 어떤 형태의 물질이냐고 물었다. 그들은 여러 가지 다른 형태가 있어서 어떤 것들은 짙고 농후하고 어떤 것들은 더 맑고 희박하고 엷다고 했다. 황후는 비물질적 영은 구형(球形)이 아니냐고 물었다. 그들은 형상과 몸은 단지 하나라고 대답했다. 형상이 없는 몸은 없으며 몸이 없는 형상도 없으니, 비물질적 형상이라는 것은 비물질적 몸이라고 말하는 것과 마찬가지로 말도 안 되는 소리라는 것이다. 황후는 다시 영은 물이나 불과 비슷하지 않느냐고 물었다. 아닙니다, 그들은 말했다. 불과 물은 물질이니까요. 우리는 흙과 다른 것처럼 불이나 물과도 같지 않습니다. 아니, 저 하늘 너머에 있는 최고 순수하고 미세한 물질이라 해도 아닙니다. 비물질적 생물은 물질에 비유되거나 비교될 수 없습니다. 하지만 앞서 말씀드렸듯이, 우리의 매개체는 물질이며 여러 가지 등급과 형태, 모양이 있지요. 하지만 당신들이 물질이 아니라면 어떻게 모든 생물을 발생시키는 거죠, 황후가 말했다. 우리는 물질적 생물을 발생시키지 않고, 마찬가지로 그들도 우리 영을 발생시키지 않습니다, 영들이 대답했다. 그러자 황후는 영이 매개체를 떠나서 밖으로 나가기도 하는지 물었다. 아닙니다, 그들이 대답했다. 우리는 실체가 없기 때문에 매개체를 떠나거나 버릴 수 없지만, 우리의 매개체는 상황에 따라 여러 가지 형태와 형상으로 변합니다. 그러자 황후는 인간이 하나의

작은 세계인지 말해 달라고 영들에게 청했다. 파리나 벌레가
작은 세계라면 인간도 그렇습니다, 그들이 대답했다. 황후는
우리 선조가 현재의 인간만큼 현명했는지, 지금 인간이 그러하
듯이 분별과 이성을 잘 이해했는지 물었다. 그들은 과거에 인
간은 현재의 인간만큼 현명했다고, 아니, 더 현명했다고 대답
했다. 오늘날 많은 사람이 선조가 바보였다고 생각하는데, 그
로써 자기들이 바보임을 입증하고 있다는 것이다. 황후는 자연
에 조형적 힘이 있는지 물었다. 그들은 말했다. 사실 조형적 힘
은 어려운 말입니다. [그건] 그저 자연의 유체적, 구상적 운동
의 힘을 의미하죠. 다음으로 황후는 영들에게 에덴동산이 어디
에 있는지, 세상 한가운데 기쁨의 중심으로 존재하는지, 아니
면 세상 전체인지, 아니면 물질이 아닌 생명의 세상처럼 혼자
만의 고유한 세상인지, 아니면 살아 있는 동물의 세상처럼 혼
합되어 있는지 알려 달라고 했다. 그들은 에덴동산은 황후가
떠나온 세상에 있는 것이 아니라 지금 살고 있는 세상에 있으
며, 황후가 신하들을 접견하고 황후의 궁전이 서 있는 바로 그
장소, 황제의 도시 바로 한가운데에 있다고 대답했다. 황후는
세상이 창조되던 태초에는 모든 짐승이 말을 할 수 있었냐고
물었다. 그들은 어떤 짐승도 말을 못 했지만, 물고기인간, 곰인
간, 벌레인간 등의 생물만은 태초에도 지금 하듯이 말을 할 수
있었다고 대답했다. 황후는 그들이 아담을 을러서 에덴동산에
서 내쫓은, 적어도 그곳으로 다시 돌아오지 못하게 한 그 영들
이냐고 물었다. 그들은 자기들은 아니라고 대답했다. 그러자
황후는 아담이 에덴동산에서 쫓겨났을 때 어디로 달아났는지
알고자 했다. 그들이 말했다. 당신이 지금 황후로 있는 이 세상
에서 당신이 전에 있던 그 세상으로 갔습니다. 만약 그렇다면,

황후가 대답했다. 에덴동산이 물질이 아니라 생명만 있는 세상
이라고 믿는 그 카발라 학자들은 분명 할 이야기가 없겠군요.
이 세상은 아주 유쾌하고 비옥하기는 하지만 비물질적 생명만
있는 세상이 아니라 살아 있는 물질적 생물의 세상이니까요.
물론 그렇습니다, 영들이 대답했다. 모든 카발라가 다 진실된
건 아니죠. 그러자 황후가 천지창조 이야기에 이브가 뱀에게
유혹받았다는 내용이 있으니 하는 말이라며, 그 뱀 안에 악마
가 있었는지 아니면 뱀이 악마 없이 이브를 유혹했는지 물었
다. 그들은 뱀 안에 악마가 있었다고 대답했다. 하지만 그렇다
면 어째서 뱀이 저주를 받았냐고 황후가 반문했다. 그들은 그
안에 악마가 있었기 때문이라고 답했다. 사악한 믿음을 가지고
악한 행동을 하라고 부추기는 악마가 몸 안에 들어간 사람들도
천벌을 받을 위험이 있지 않습니까? 황후는 빛과 하늘이 모두
하나인지 물었다. 그들은 빛나는 자연 천체를 포함하고 있는
지역은 인간이 하늘(heaven)이라고 부르지만, 축복받은 천사
와 영혼이 거주하는 행복 넘치는 천국(heaven)은 그 너머 아득
한 곳에 있어서 어떤 자연 생물과도 비교할 수 없다고 대답했
다. 그러자 황후는 처음에는 모든 물질이 유체였냐고 물었다.
그들은 물질은 늘 지금과 같았다고 답했다. 어떤 물질들은 희
박하고, 어떤 것들은 짙으며, 어떤 것들은 유체이고, 어떤 것들
은 고체인 식으로 말입니다. 신 또한 태초에 모든 물질을 유체
로 만들어야 할 의무가 없었습니다. 황후는 더 나아가 물질은
원래 움직일 수 없었냐고 물었다. 그들이 말했다. 운동은 오로
지 물질에만 있으며, 물질에 운동이 없다면 우리 영들은 움직
이지도, 황후님의 여러 질문에 대답을 드리지도 못한다고 전에
대답드렸습니다. 그리고 나서 황후는 영들에게 우주가 엿새 사

이에 만들어졌는지, 아니면 그 엿새란 신이 내린 동수(同數)의 포고와 명령을 의미하는지 물었다. 그들은 세상이 신의 막강한 포고와 명령에 따라 만들어졌지만, 여섯 개의 포고나 명령이 있었는지 그보다 적거나 많았는지는 어떤 생물도 알 수 없다고 대답했다. 그러자 황후는 숫자에는 어떤 신비도 없는 거냐고 물었다. 계산하거나 세는 것 외에는 어떤 신비도 없습니다, 영들이 대답했다. 숫자란 그저 기억의 기호일 뿐이니까요. 그렇다 해도 카발라 학자들이 굉장히 고심하는 숫자 4에 대해서는 어떻게 생각하나요, 황후가 말했다. 그리고 숫자 10은요? 학자들은 10이 전부이고 모든 숫자는 사실상 4에 내포된다고 하는데요. 우리가 생각하기에는, 그들이 대답했다. 카발라 학자들은 그런 쓸데없는 망상으로 자기 머리를 괴롭히는 것 외에는 할 일이 없는 듯하군요. 당연히 숫자에는 가장 중요하다거나 전부라거나 하는 것은 없으며, 인간의 망상이 만드는 것 외에 다른 신비도 없습니다. 하지만 사람들이 가장 중요하다거나 전부라고 하는 건 우리는 모릅니다. 그 사람들이 의견을 내는 숫자도 일치하지 않으니까요. 그러자 황후는 2 곱하기 3은 6이니, 숫자 6이 남녀로 이루어진 결혼의 상징이냐고 물었다. 어떤 숫자가 결혼의 상징이 될 수 있다면 그건 6이 아니라 2입니다, 영들이 대답했다. 2가 숫자로 인정될 수 있다면 말이죠. 결혼이라는 행위는 하나로 결합된 두 사람으로 이루어지니까요. 황후는 다시 숫자 7에 대한 그들의 의견을 물었다. 카발라 학자들은 7이 다른 어떤 숫자에 의해서도 생기지 않고 다른 숫자를 생기게 하지도 않는다고 하니 신의 상징이 아니냐고 물었다. 신의 상징은 있을 수 없습니다, 영들이 대답했다. 신이 무엇인지도 모르는데 어떻게 신의 상징을 만들 수 있겠습니까? 또한 신 안에는 어떤 숫자도 없습니다. 신은 자체로 완벽하지만 숫자는 불완전하며, 숫자를 생기게 하는 것으로 말하자면 그건 곱셈과 덧셈으로 이루어집니다. 하지만 뺄셈은 숫자에는 일종의 죽음과 같죠. 숫자에 어떤 신비도 없다면, 황후가 대답했다. 그렇다면 카발라 학자들처럼 세상의 창조를 몇몇 숫자에 귀속시키는 것은 헛된 일이군요. 천지 창조와 관련해서 숫자가 가진 유일한 신비라면 숫자가 증식하듯이 세상도 증식한다는 것뿐입니다, 그들이 대답했다. 황후는 숫자는 어디까지 증식하느냐고 물었다. 영들이 대답했다. 무한히요. 글쎄요, 황후가 말했다. 무한은 셀 수도, 숫자를 매길 수도 없잖아요. 그건 삼라만상의 요소도 마찬가지입니다, 그들이 대답했다. 신의 창조는 무한한 권능에서 나오는 무한한 행위여서 유한수의 생물에 그칠 수 없습니다. 있을 수 없이 막강한 권능이지요. 숫자의 신비에 대해서는 그쯤 하고, 황후가 계속해서 말했다. 태양과 행성들을 만들어 낸 것이 하늘인지 에테르 물질인지 말해 주십시오. 영들은 별과 행성은 하늘과 에테르, 다른 모든 자연 생물을 구성하는 것과 동일한 물질로 만들어져 있지만, 그것들을 만들어 낸 것이 하늘인지 에테르인지는 알 수 없다고 대답했다. 만약 그렇다면 그것들은 부모와 다르다고 그들은 말했다. 태양과 별, 행성은 에테르보다 더 찬란하게 빛나는 데다 움직임도 더 견실하고 한결같으니까요. 하지만 별과 행성이 하늘과 에테르 물질에 의해 만들어졌다고 가정하면, 그때 문제는 그렇다면 그것들은 무엇에서 만들어졌느냐가 되겠죠. 그것들이 무언가로부터 만들어진 것이 아니라 무(無)에서 창조되었다면, 아마 태양과 별, 행성도 그럴 겁니다. 아니, 하늘이나 유체 에테르보다 별과 행성이 그럴 가능성이 더 큽니다. 별과 행성은 에테르의 특정 부분들보다 죽음과 더 멀어 보이거든요. 에테르 물질의 요소들은 분명 여러 가지 형태로 변화하지만, 이는 별과 행성에서는 볼 수 없으니까요. 황후는 질문을 이어가 플라톤 학파에 따른 인간의 세 가지 근본 원리, 즉 첫 번째, 지력, 영, 신의 광채의 원리, 두 번째, 인간 영혼의 원리, 그리고 세 번째, 영혼의 표상의 원리, 다시 말해 영혼이 육체에 행하는 필수적 작용에 대해 설명해 줄 수 있는지 물었다. 영들은 자기들은 이 세 가지의 차이점을 모르겠지만, 유체적 분별과 이성에게는 마치 세 개의 다른 몸이나 세 개의 다른 유체적 활동처럼 보이는 것 같다고 대답했다. 하지만 그것들은 비정상적인 망상이 착상해 낸 번잡한 개념이라고 그들은 말했다. 여러분이 그걸 이해하지 못한다면 인간이 어떻게 이해하겠어요, 황후가 대답했다. 현대건 고대건 많은 철학자가 분별과 이성을 넘어서기 위해 노력하고, 그래서 어리석은 짓들을 저지르게 되죠, 영들이 대답했다. 어떤 유체적 생물도 분별과 이성을 넘어설 수 없거든요. 유체적 매개체 안에 있는 한 그건 우리 영들에게도 불가능한 일입니다. 다음으로 황후는 세상에 무신론자가 있느냐고 물었다. 영들은 무신론자는 카발라 학자들이 만들어 내는 만큼만 존재한다고 대답했다. 이어서 황후는 영이 구형인지, 원형인지 물었다. 그들은 형상은 육체에 속하며 자신들은 비물질이어서 형상이 없다고 답했다. 황후는 영들은 물이나 불과 비슷하지 않느냐고 다시 물었다. 그들은 물과 불은 아무리 최대치로 순수하고 정제되었다 해도, 아니, 하늘을 초월했다 해도 물질이라고 대답했다. 하지만 우리는 흙과 다르듯이 물이나 불과도 같지 않습니다, 그들은 말했다. 하지만 우리 매개체는 여러 형태와 형상, 다른 등급의 물질로 이루어져 있지요. 그러자 황후는 그

매개체들이 공기로 만들어졌냐고 물었다. 네, 영들이 대답했
다. 일부 매개체는 희박한 공기로 이루어져 있습니다. 그렇다
면 저 공기 매개체들은 당신들의 유체적 하복(夏服)이군요, 황
후가 대답했다. 나아가 황후는 다른 생물뿐만 아니라 영에게도
상승 하강 운동이 있냐고 물었다. 그들은 정확히 말하자면 무
한한 자연에는 상승이나 하강이란 없으며, 이는 오직 특정 부
분들과 관련해서만 존재한다고 대답했다. 우리 영들에 대해 말
씀드리자면, 그들이 말했다. 우리는 유체적 매개체 없이 상승
도 하강도 할 수 없고, 우리 매개체들도 자신의 모양과 형상에
따라서가 아니면 상승도 하강도 하지 못합니다. 육체 없이는
운동이 있을 수 없으니까요. 황후는 계속해서 물질적 생물의
세상이 있는 것처럼 영들의 세상은 없냐고 물었다. 아니요, 그
들이 대답했다. 세상이라는 단어는 다량의, 즉 수많은 유체적
생물을 암시하지만, 우리는 비물질이어서 영들의 세상을 만들
수 없습니다. 그러자 황후는 영이 언제 만들어졌는지 알고 싶
어 했다. 우리가 어떻게, 그리고 언제 만들어졌는지 우리는 모
릅니다, 그들이 대답했다. 또한 그걸 꼬치꼬치 캐고 싶지도 않
고, 혹여 그렇게 한다 하더라도 그걸 아는 건 우리에게도, 당신
들 인간에게도 아무런 득이 되지 않을 겁니다. 황후는 카발라
학자들과 신학 철학자들은 인간의 이성적 영혼은 비물질적이
어서 영들만큼이나 유체적 매개체가 필요하다고 말한다고 했
다. 만약 그렇다면 당신들은 자연의 양성체로군요, 영들이 대답
했다. 당신네 카발라 학자들이 틀렸습니다. 물질 중 가장 순수
하고 희박한 부분을 비물질적 영이라고 착각하고 있군요. 다음
으로 황후는 인간의 영혼이 육신에서 나가면 천국이나 지옥으
로 가는지, 아니면 공기 매개체 속에 남아 있는지 물었다. 영들

은 신의 정의와 자비는 완벽하며 불완전하지 않다고 대답했다. 하지만 당신네 인간들이 영혼을 위한 매개체, 그리고 천국과 지옥 사이의 장소를 원한다면, 그건 정화의 장소인 연옥이 분명하며 그 행위에는 불이 공기보다 더 적절하니 연옥에 있는 그런 영혼의 매개체는 공기가 아니라 불이겠지요. 이런 식으로 하면 인간 영혼이 자리할 장소는 네 군데, 즉 천국과 지옥, 연옥, 그리고 이 세계밖에 있을 수 없습니다. 하지만 매개체에 대해 말하자면, 그건 진정한 진리가 아니라 그저 망상에 불과해요. 그러자 황후는 천국과 지옥이 어디에 있는지 물었다. 그들은 대답했다. 당신들의 구세주 그리스도께서는 천국과 지옥이 있다는 것은 알려 주셨지만 그게 무엇이며 어디에 있는지 말씀하지 않으셨습니다. 그러니 당신네 인간이 그걸 알려고 하는 것은 지나치게 주제넘은 짓입니다. 천국이 어디 있는지, 무엇인지 모른다 해도, 천국에 들어가기 위해 노력하기만 한다면 그걸로 충분합니다. 그것은 인간의 지식과 이해를 넘어서는 일이니까요. 황후는 납득했다고 대답하고 영혼에 형상이나 특징이 있냐고 질문했다. 그들은 육신이 없는 곳에는 형상도 있을 수 없다고 대답했다. 그러자 황후는 영혼도 발가벗을 수 있는지, 또 영혼에도 어둡고 밝은 색이 있는지 물었다. 발가벗은 영이라니 참으로 이상한 질문이군요, 영들이 대답했다. 발가벗은 영이라는 게 무슨 뜻으로 하는 말인지 잘 모르겠어요. 우리를 유체적 생물로 판단하고 있으니 말입니다. 색깔 문제라면 그건 우리 매개체에 달려 있습니다. 색은 육신에 속해서, 색이 없는 육신이 없듯이 육신이 없는 색도 없으니까요, 그들이 말했다. 다음으로 황후는 모든 영혼이 세상이 처음 창조될 때 만들어졌는지 알고자 했다. 우리 자신의 기원을 모르는 것처럼 인간 영

혼의 기원에 대해서도 모릅니다, 영들이 대답했다. 황후는 더
나아가 인간의 육신이 영혼에 짐이 되는 게 아닌지 물었다. 그
들은 육신은 영혼에 운동을 주어 활동적으로 만든다면서, 만약
활동이 영혼을 번거롭게 한다면 육신도 그럴 거라고 대답했다.
황후는 영혼이 몸을 선택하느냐고 또다시 질문했다. 그들이 대
답했다. 플라톤 학파는 연인의 영혼은 사랑하는 사람의 몸속에
서 산다고 믿습니다. 하지만 물론 물질세계에 수많은 영혼이
있다면 그 영혼들이 몸을 놓칠 리가 없어요. 영혼은 하나의 몸
에서 떨어져 나오자마자 다른 몸으로 들어가니까요. 영혼에는
독자적인 운동이 없기 때문에 반드시 바로 옆의 물질을 옷처럼
입거나 이와 일체화되어야 합니다. 만약 그렇다면, 황후가 말
했다. 모든 물질에 영혼이 깃들어 있는 것인지요? 영들은 그건
자신이 정확히 말할 수는 없다고 대답했다. 하지만 만약 영의
힘에서 나오는 것을 제외한 어떤 운동도 물질에 존재하지 않으
며 모든 물질이 움직이고 있다는 것이 사실이라면 어떤 영혼도
영혼이 깃든 다른 몸에 반드시 들어가지 않고서는 몸을 떠날
수 없을 테고, 그때는 한 몸에 두 개의 비물질적 실체가 자리하
게 되겠지요. 황후는 한 몸에 두 개의 영혼이 있는 게 가능한지
물었다. 비물질적 영혼의 경우에는 불가능합니다, 영들이 대답
했다. 비물질적 영혼은 몸이 없어서 부분들과 공간을 원하는
관계로 하나의 죽은 몸 안에 두 개의 비물질이 존재할 수 없지
만, 하나의 구성된 몸 안에 다수의 물질적 영혼이 존재할 수는
있습니다. 모든 물질 부분에는 타고난 물질적 영혼이 있으니까
요. 자연은 무생물질, 감각 물질, 이성적 물질이라는 세 가지 등
급으로 이루어진, 스스로 움직이고 살아가고 스스로 아는 하나
의 무한체일 뿐인데, 이 세 가지는 온통 함께 뒤섞여 있어서 자

연의 어떤 부분도, 심지어 원자라 해도 이 세 가지 등급 중 하나
만 없어도 존재할 수 없습니다. 감각 물질은 생명, 이성적 물질
은 영혼, 무생물 부분은 무한한 자연체인 거죠. 황후는 이 대답
에 매우 만족했고, 이어서 영혼이 육신에 생명을 주는 게 아니
냐고 물었다. 아닙니다, 그들이 대답했다. 영과 신성한 영혼에
는 자기만의 생명이 있고, 그것은 자연적 생명보다 더 순수해
서 분리될 수 없습니다. 영들은 실체가 없고, 따라서 분리할 수
없으니까요. 하지만 영혼이 자신의 매개체 안에 있을 때는, 황
후가 말했다, 영혼은 태양, 매개체는 달과 같다는 생각이 드는
군요. 아닙니다. 그들이 대답했다. 매개체가 태양, 영혼이 달과
같습니다. 달이 태양에서 빛을 얻듯이 영혼은 몸으로부터 운동
을 얻으니까요. 그러고 나서 황후는 이브를 유혹하여 인간에게
온갖 해악을 가져온 것이 나쁜 영인지 뱀인지 물었다. 그들은
영이 실제 악행을 저지를 수 없다고 대답했다. 황후는 설득을
통해 저지를 수 있지 않느냐고 했다. 그들은 설득도 행위라고
대답했으나, 황후는 이 대답에 만족하지 못하고 초자연적 악이
있는지 물었다. 영들은 초자연적 선은 있고 그게 신이지만, 신
에 필적하는 초자연적 악은 모른다고 답했다. 그러자 황후는
악령들이 들판의 짐승으로 간주되는지 궁금해했다. 그들은 들
판에 있는 많은 짐승은 무해한 생물이며 인간에게 매우 유용하
다고 대답했다. 일부 흉포하고 잔인한 짐승도 있지만, 그 짐승
이 다른 생물에게 잔인하게 구는 것은 대부분의 경우 다른 목
적이 아니라 먹이를 얻고 타고난 욕구를 만족시키기 위해서입
니다. 하지만 분명 악령보다는 당신네 인간이 서로에게 잔인한
짓을 더 많이 저지르지요. 악령이 황량한 곳에 산다는 이야기
에 대해서는 그들과 대화를 하지 않으니 아무런 대답도 해 드

릴 수가 없군요, 그들이 말했다. 하지만 선한 영들에 대해서는 어떻게 생각하는지요, 황후가 말했다. 그 영들은 공중의 새에 비교될 수 있지 않을까요? 지상에 흉포하고 잔인한 짐승이 있 듯이 공중에도 잔인하고 탐욕스러운 새가 많습니다, 그들이 대 답했다. 그래서 선은 늘 악과 섞여 있죠. 다음으로 황후는 불 매 개체는 영혼에게 있어 천국인지 지옥인지, 아니면 적어도 연옥 인지 물었다. 영혼이 비물질적이라면 불에 탈 수도 없을 테고, 그렇다면 불은 영혼에 어떤 해도 미치지 못할 것이며, 사람들 은 지옥이 쇠하지도 꺼지지도 않는 불이라고 믿지만 천국은 불 이 아니라고 그들은 대답했다. 황후는 천국이 빛이라고 대답했 다. 맞습니다, 하지만 불타는 빛은 아니지요, 그들이 말했다. 다 음으로 황후는 다른 모양과 종류의 매개체들이 영혼과 다른 비 물질적 영들을 비참하게 하는지, 행복하게 하는지 물었다. 그 들은 매개체로 인해 더 좋을 것도 더 나쁠 것도 없다고 대답했 다. 어떤 매개체들은 때로 다른 것에 영향을 미치기도 하지만, 이들 또한 특정 자연 요소의 여러 가지 장점과 단점에 따라 매 개체들에 역으로 영향을 미칠 수도 있다는 것이다. 황후가 동 물은 영의 세계에서 와서 다시 그곳으로 돌아가느냐고 물었다. 영들은 정확히는 알 수 없지만 만약 그렇다면 분명 자기 몸은 남기고 가야 할 거라고 대답했다. 그렇지 않으면 그 몸들 때문 에 영들의 세상이 뒤섞인 세상, 즉 일부는 물질이고 일부는 비 물질인 세상이 되어 버릴 테니까요. 하지만 사실 영은 비물질 이라 본래 세상을 만들 수 없습니다. 세상은 물질에 속하지, 비 물질적 생물에 속하지 않거든요, 그들이 말했다. 만약 그렇다 면, 분명 물질 없는 생명과 형상의 세상은 있을 수 없겠군요, 황 후가 대답했다. 그렇습니다, 영들이 대답했다. 또한 생명과 형상 없는 물질 세상도 없고요. 물질이 움직일 수 있는 것처럼 자연의 생명과 형상들은 비물질적일 수 없기 때문입니다. 따라서 자연의 생명과 형상, 물질은 분리될 수 없습니다. 그러고 나서 황후는 최초의 인간은 지상 최고의 과실을 먹고 짐승은 최악의 종류를 먹고 살았는지 물었다. 영들은 들판의 짐승들이 거름을 준 밭과 과수원에 들어가는 것이 금지되지 않았다면 인간만큼 최고의 과실을 고르고 선택했을 거라고 대답했다. 다람쥐와 원숭이에게서 명백히 관찰했겠지만, 다람쥐와 원숭이가 최고의 견과와 사과를 고르고, 새가 가장 맛있는 과실을, 벌레가 최고의 뿌리들과 가장 향기로운 풀들을 골라 먹습니다. 그걸 보면 그런 생물이야말로 인간보다 더 잘 먹고 산다는 것을 알 수 있지요. 인위적인 조리가 자연적인 것보다 더 낫고 건강에 좋다고 하지만 않는다면 말이죠. 또 황후는 최초의 인간이 바다와 민물에 사는 온갖 다양한 물고기에게 이름을 붙여 주었느냐고 물었다. 아닙니다, 영들이 대답했다. 인간은 뭍의 생물이지 수중 생물이 아니라서 여러 물고기를 알 수가 없거든요. 글쎄요, 황후가 대답했다. 수중 생물이 아니듯이 공기 중에 사는 생물도 아니지만 하늘의 여러 새에게는 이름을 붙여 주었잖아요. 새들은 일부는 하늘, 일부는 뭍에서 사는 생물입니다, 그들이 대답했다. 살이 짐승이나 인간과 비슷할 뿐만 아니라 땅에서 쉬고 거주하니까요. 하늘이 아니라 땅 위에 둥지를 짓고 알을 낳고 새끼를 부화하지 않습니까. 그렇다면 최초의 인간이 땅에 사는 모든 다양한 생물에게 이름을 지어 주었냐고 황후가 물었다. 그렇습니다, 그들이 대답했다. 인간에게 모습을 보이거나 인간이 알았던 모든 생물, 다시 말해 모든 기본적인 종은요. 개체 하나하나마다 붙여 준 것은 아니지만요. 인간은 처음에 둘

밖에 없었고, 인간이 늘어나면서 그들의 이름도 늘어났지요,
그들이 말했다. 하지만 다양한 종류의 물고기에게 이름을 붙여
준 것은 누구인가요, 황후가 말했다. 인간의 후손들입니다, 그
들이 대답했다. 그러자 황후는 최초 창조 때와 지금 생물 종류
들의 수는 마찬가지인지 물었다. 그들은 종류가 지금 있는 것
들보다 많지도 적지도 않았지만, 물론 특정 종류의 생물은 그
때보다 지금 더 많다고 대답했다. 황후는 에덴동산에 있던 생
물 모두가 노아의 방주에도 있었는지 다시 질문했다. 그들은
주요 종류는 탔지만 모든 개체가 다 탔던 것은 아니라고 했다.
그러자 황후는 어쩌다 영들과 인간들 모두가 축복받은 존재에
서 지금 같은 비참한 상태와 처지로 전락하게 되었는지 알고자
했다. 영들은 불복종 때문이라고 했다. 황후는 이 불복종의 죄
는 어디에서 기인했냐고 물었다. 하지만 영들은 황후에게 그런
질문은 자신들이 아는 바를 넘어서니 묻지 말라고 했다. 황후
는 자신의 주제넘은 질문을 용서해 달라며, 캐묻기 좋아하는
것이 인간의 본성이기 때문이라고 말했다. 지식에 대한 자연스
러운 욕망은 비난할 것이 아니니 타고난 이성의 이해 범주를
넘어서지만 않으면 됩니다, 영들이 대답했다. 그렇다면 실수를
저지를까 두려우니 더 이상은 묻지 않겠지만, 꼭 알려 드려야
할 일이 하나 있습니다, 황후가 말했다. 무엇입니까, 영들이 물
었다. 제게는 카발라를 만들고 싶은 간절한 바람이 있습니다,
황후가 대답했다. 어떤 종류의 카발라 말입니까, 영들이 물었
다. 황후는 유대인의 카발라라고 대답했다. 황후가 자신의 바
람을 밝히자마자 영들이 순식간에 황후의 눈앞에서 사라졌다.
이에 황후는 대경실색한 나머지 기절해서 잠시 정신을 잃고 말
았다. 마침내 다시 정신을 차린 황후는 이 기이한 사태의 이유

가 무엇일지 고심하며 생각하다 처음에는 영들이 자신의 질문을 듣고 답하는 데 지쳐서일지도 모른다고 생각했지만, 영들이 피곤을 느낄 수 없다는 사실을 떠올리고는 그게 영들이 사라진 진정한 원인이 아닐 거라는 가정하에 혼자서 온갖 검토를 거친 끝에 영들이 대답을 하다 뭔가 잘못을 저질러서 그 벌로 가장 저급하고 어두운 매개체로 쫓겨났다고 굳게 믿게 되었다. 이 믿음이 어찌나 굳건했던지 황후는 깊은 우울에 빠져들었다. 그래서 황후는 파리와 벌레 인간을 불러들여 자신이 슬퍼하는 이유를 밝혔다. 그 영들이 사라져서가 아니라 나로 인해 그들이 비참한 처지에 빠졌다는 게, 이 무해한 영들이 나 때문에 칠흑같이 어두운 땅속 심연으로 떨어져야 했다는 게 슬프네, 황후가 말했다. 벌레인간이 땅속은 상상하는 것처럼 그렇게 끔찍한 거처가 아니라고 황후를 위로했다. 모든 광물과 식물뿐만이 아니라 몇몇 동물도 증언하듯이 땅은 따스하고 비옥하고 고요하며 안전하고 행복한 거주지라는 것이다. 햇빛이 없기는 하지만 어둠에 싸여 있지 않으며 그 속에도 빛은 있어서 그곳 생물도 앞을 볼 수 있다고 했다. 이 설명을 듣고 황후는 조금 마음을 진정했지만, 그래도 그 영들이 어디에, 그리고 어떤 상황에 있는지 진실을 알고 싶다며 파리와 벌레 인간에게 온갖 노력과 성실을 다해 알아 오라고 명령했다. 이에 벌레인간은 곧장 땅속으로 내려갔고, 파리인간은 공중으로 올라갔다. 얼마 뒤 벌레인간이 돌아오더니, 자신들은 땅속에 들어가 거기서 만난 모든 생물에게 이러이러한 영들을 보지 못했느냐고 물어보며 마침내 지구 한가운데에까지 갔고, 거기서 그 영들이 그곳에 잠시 머물다가 결국 그곳과 정반대에 있는 지구 반대쪽 지점으로 갔다는 소식을 들었다고 보고했다. 파리인간이 그 말이 맞다며

벌레인간의 말에 동의했다. 저희가 지구를 돌아 정반대의 지점
에 막 도착했을 때 신수가 흰한 영들을 만났습니다. 영들이 갑
자기 떠나는 바람에 폐하께서 굉장히 심려하시며 혹여 캄캄한
땅속에 갇혀 있을까 봐 근심하고 계신다고 했더니, 폐하께 그
런 슬픔과 심려를 안겨 드렸다니 죄송하다며 자기들의 매개체
는 자체적으로 빛이 나는 고양이 눈과 개똥벌레 유충, 썩은 나
무 같은 것이라 어둠이 전혀 두렵지 않다고 폐하께 전해 달라
고 했습니다. 또 폐하께서 카발라를 쓰실 때 힘닿는 한 무엇이
든 도울 준비가 되어 있다고 했습니다. 그 말에 황후는 몹시 기
뻐하며 파리와 벌레 인간 모두에게 후한 보상을 내렸다.

　　얼마 뒤 매개체 안에서 휴식을 취하고 원기를 회복한 영
들이 민첩한 영 하나를 황후에게 보내 서기를 두고 싶은지 아
니면 직접 카발라를 쓰고 싶은지 물었다. 황후는 그들의 제의
를 몹시 정중하게 받아들여 영적인 서기가 있었으면 좋겠다
고 했다. 그 영은 자기들은 구술은 할 수 있지만 손이나 팔, 아
니면 인간의 몸 전체를 덧입지 않는 한 글은 쓸 수 없다고 답
했다. 황후는 영이 어떻게 육신의 장갑을 장착할 수 있냐고 물
었다. 인간이 강철 장갑으로 무장할 수 있는 것과 마찬가지입
니다, 영이 대답했다. 그렇다면 서기를 두겠습니다, 황후가 말
했다. 그러자 영은 살아 있는 사람과 죽은 사람의 영혼 중 어
느 쪽을 원하냐고 물었다. 영혼이 살아 있는 몸을 떠나서 밖을
돌아다니거나 여행할 수 있다는 말인가요, 황후가 말했다. 그
렇습니다, 영이 말했다. 플라톤의 신조에 따르면 영혼들이 서
로 대화를 하고, 연인의 영혼은 사랑하는 사람의 몸속에 산다
고 하지 않습니까, 영이 대답했다. 그렇다면 고대 유명 작가의
영혼으로 하지요, 황후가 대답했다. 아리스토텔레스나 피타고

라스, 플라톤, 에피쿠로스 같은 사람들 중 누구든지요. 영은 그
유명한 남자들은 매우 박식하고 난해하며 영리한 작가이지만
너무 자기 의견만 고집해서 절대 서기가 될 인내심이 없을 거
라고 했다. 그렇다면 가장 유명한 현대 작가들 중 하나로 하죠,
황후가 말했다. 갈릴레오나 가상디, 데카르트, 헬몬트, 홉스, H.
모어 등 누구라도 좋습니다.* 영은 그 사람들도 훌륭하고 똑똑
한 저자이지만 자부심이 너무 강해서 여성의 서기 역할은 거
부할 거라고 대답했다. 하지만 뉴캐슬 공작 부인이라는 귀부인
이 있는데, 최고의 학식과 능변, 지혜, 영리함을 갖추지는 않았
으나 분별과 이성을 저술의 원칙으로 삼고 있어서 꾸밈없고 합
리적인 작가이며 분명 황후님을 최선을 다해 도울 준비가 되
어 있을 것입니다. 그렇다면 그 귀부인을 서기로 택하지요, 황
후가 말했다. 나와 같은 성(性)이니 황제께서도 질투할 이유가
없을 테고요. 사실 남편들은 플라토닉 연인을 질투할 이유가
있습니다, 영이 말했다. 그런 연인은 아주 친밀하고 가까울 뿐
만 아니라 미묘하고 교묘히 환심을 사기 때문에 굉장히 위험하
거든요. 맞는 말씀입니다, 황후가 대답했다. 그러면 뉴캐슬 공
작 부인의 영혼을 데려다주시지요. 영은 그렇게 했다. 공작 부
인이 황후를 보필하러 왔고, 처음 도착하자마자 황후는 부인
을 포옹하고 정신적 키스로 맞이한 다음 글을 쓸 수 있는지 물
었다. 공작 부인의 영혼이 대답했다. 그렇습니다만, 어떤 독자
라도 이해할 수 있도록 명료하게 쓰지는 못합니다. 제 글자는
잘 쓴 글자라기보다 기호 같아서 제 기호를 이해하는 법을 배

* 프랑스 철학자 피에르 가상디(1592-1655). 플랑드르의 화학자 얀
밥티스타 판 헬몬트(1577-1644), 영국의 플라톤 학파 철학자 헨리 모
어(1614-1687).

우지 않으면 이해하지 못할 거예요. 정직하고 똑똑한 영에게서 부인을 추천받았습니다, 황후가 말했다. 분명 그 영은 제 글씨에 대해서는 아는 바가 없군요, 공작 부인이 대답했다. 황후가 말했다. 사실 부인의 글씨에 대해서는 말하지 않았지만 부인이 분별 있고 합리적인 글을 쓴다고 하더군요. 그러니 내 비서들이 부인의 글씨를 배울 수 있도록 글을 써 준다면, 비서들에게 알아볼 수 있는 아름다운 필체로 다시 쓰게 하도록 하지요. 공작 부인은 분명 금세 쉽게 배울 수 있을 거라고 대답했다. 하지만 폐하께서 쓰시고자 하는 것이 무엇인지요, 그녀가 황후에게 말했다. 황후는 유대인의 카발라라고 대답했다. 그렇다면 그 유일한 방법은 유명한 유대인의 영혼을 가지는 것입니다, 공작 부인이 말했다. 아니, 송구스럽지만 주저 없이 말씀드리는데 폐하께서는 모세의 영혼이라도 간단히 가지실 수 있지 않습니까. 어떤 인간도 모세가 어디 있는지 알지 못하니 그건 불가능합니다, 황후가 대답했다. 하지만 인간의 영혼은 불멸 아닌가요, 공작 부인이 말했다. 만약 모세의 영혼을 얻는 게 너무 어렵다면, 폐하께 그 신비를 정확히 가르쳐 줄 최고의 율법 박사나 레위족 현자 중 한 영혼을 가지실 수도 있겠지요. 그렇지 않으면 폐하께서 실수하기 쉽고 분명 중대한 실수를 저지르시게 될 겁니다. 그렇지 않아요, 황후가 말했다. 영들이 가르쳐 줄 테니까요. 저런! 공작 부인이 말했다. 영들은 많은 경우 인간만큼이나 무지합니다. 창조된 영들은 일반적이거나 절대적인 지식을 가지고 있지도 않으며, 인간의 생각, 하물며 위대한 창조주의 생각은 절대 알 리 없으니까요. 창조주께서 신성한 지식을 영들에게 선물로 불어넣어 주시지 않는다면 말입니다. 그렇다면 이 일에 대한 그대의 조언을 들어 보도록 하죠,

황후가 말했다. 공작 부인이 대답했다. 제 권고를 들어 보시겠
다고 하시니, 저는 폐하께서 그 일을 접으셨으면 합니다. 폐하
께서 유대교 신자가 아니라면 그건 폐하께도, 폐하의 백성에게
도 득 될 것이 없습니다. 아니, 혹여 폐하께서 유대교 신자라고
해도, 신성한 성서의 세속적 해석이 폐하의 신비주의적 해석보
다 사람들에게 더 유익하며 더 쉽게 믿음으로 이끌 것입니다.
유대인의 구원에도 그것이 더 낫고 도움이 될 테고요. 모세는
지혜로울 뿐만 아니라 몹시 정직하고 열성적이며 경건한 사람
이니, 자신이 설명을 했다면 수 세기 뒤 그런 수고를 분명히 덜
어 주었을 텐데요. 그러니 다들 자기 멋대로 해석하지 말고 성
서의 자구적 의미를 일반적으로 믿고, 해석은 박식한 사람이나
달리 할 일 없는 사람에게 맡기는 것이 최상입니다. 또한 저는
신께서 성서에 무지한 사람에게 천벌을 내리시거나 성서의 신
비적 해석이 모자란다고 파멸시키실 거라고 생각하지 않습니
다. 그렇다면 성서는 그만두고 철학적 카발라를 만들겠습니다,
황후가 말했다. 공작 부인은 자연에 대해서는 분별과 이성이
최대한으로 가르쳐 줄 테고, 숫자란 무한하지만 무한에 터무니
없는 소리를 더하는 것은 혼란을, 특히 인간의 이해에 혼란을
가져올 것이라고 했다. 그렇다면 도덕적 카발라를 쓰겠어요,
황후가 대답했다. 도덕에 있어서 최고는, 공작 부인이 말했다.
오로지 신을 두려워하고 이웃을 사랑하는 것이며, 여기에는 더
이상의 해석이 필요 없습니다. 그렇다면 정치적 카발라를 쓰지
요, 황후가 말했다. 공작 부인은 통치에 있어서 가장 중요하고
유일한 근거는 보상과 처벌이며, 여기에는 더 이상의 카발라가
필요 없다고 대답했다. 하지만 폐하께서 카발라를 쓰겠다고 마
음먹으셨다면 저는 은유와 알레고리, 비유 등을 사용해 마음대

로 해석할 수 있는 시적 혹은 로맨스적 카발라를 쓰시라고 권고드리고 싶습니다, 그녀가 말했다. 황후는 공작 부인에게 감사하고 그 영혼을 포옹하며 그 조언을 받아들이겠다고 말했다. 또한 공작 부인을 자신의 총신으로 삼아 그 세계에 잠시 머물게 했고, 이를 통해 공작 부인은 그 부유하고 복작거리고 행복한 세상에서 일어나는 모든 일을 알아서 이렇게 진술하게 되었다. 얼마 뒤 황후는 공작 부인에게 영혼으로 가끔 자기를 찾아와야 한다는 조건하에 고향 세계의 남편과 친지에게 돌아가도 좋다고 허락해 주었다. 공작 부인은 그렇게 했고, 진정 그 만남을 통해 두 사람은 몹시 친밀한 우정을 쌓아 두 사람 다 여성임에도 불구하고 플라토닉 연인이 되었다.

하루는 공작 부인의 영혼이 황후와 함께 있는데 매우 슬프고 우울해 보였다. 이에 황후가 몹시 걱정하며 우울한 이유를 물었다. (진정한 친구 사이에는 어떤 비밀도 없어서 그들은 통합된 한 몸의 다른 부위들과 같았기 때문에) 공작 부인은 황후에게 말했다. 사실 제 우울은 극도의 야심 때문입니다. 황후가 그 최고의 야심이 무엇이냐고 물었다. 공작 부인은 자기 자신도, 세상의 어떤 생물도 그 야심의 높이와 깊이, 넓이를 알 수 없다고 대답했다. 하지만 제 현재의 바람은 위대한 왕녀가 되는 것입니다, 그녀가 말했다. 그대는 왕녀예요. 그대는 4, 5급의 왕녀이고 공작이나 공작 부인은 왕의 직함 바로 다음으로 신하가 도달할 수 있는 최고의 직함, 혹은 영예잖습니까, 황후가 대답했다. 게다가 왕자나 왕녀라는 이름은 왕가의 일원이 된 모든 사람에게 속하니 자기 문장에 왕관을 덧붙일 수 있는 사람들은 다 왕자이고, 따라서 공작이 왕자보다 더 높은 직함이죠. 예를 들어, 사부아 공작, 피렌체 공작, 로렌 공작처럼. 또 왕의 형제들은 왕자가 아니라 공작이라는 이름으로 불리니 공작이 더 높은 직함 아닌가요. 그래요, 왕의 장자가 아니라면 말이죠, 공작 부인이 대답했다. 장자는 왕자의 작위를 받지요. 맞아요, 황후가 대답했다. 하지만 어떤 군주도 신하를 자신과 동등하게 만들지는 않아요. 왕의 장자들이 어느 정도까지만 동등하듯이요. 일부 공작이 통치권을 가지기는 하지만 왕자라는 직함으로 통치권을 가진다는 소리는 들어 본 적이 없어요. 왕자라는 직함은 통치권을 가지는 직함이라기보다는 명예직이죠. 앞서 말했듯이 그건 왕가의 일원이 된 모든 사람이 가지는 직함이니까요. 공작 부인이 말했다. 음, 이 논쟁은 접어 두고, 제게는 폐하처럼, 그러니까 세상의 황후가 되고 싶은 야심이 있고 그렇게 되기 전까지는 절대 마음 편히 지낼 수가 없습니다. 황후가 대답했다. 내 그대를 너무나 아끼니, 온 영혼을 다해 그대의 야심 찬 희망이 이루어지기를 바라며 그 바람을 성취할 방법에 대해 최고의 조언을 다 드리지요. 최고의 정보원은 비물질적 영들이에요. 영들이 곧 그대의 희망을 이룰 수 있을지 말해 줄 겁니다. 하지만 전 영들을 잘 몰라요, 공작 부인이 말했다. 폐하께서 절 부르시기 전에는 전혀 몰랐으니까요. 그들이 그대를 압니다, 황후가 대답했다. 영들이 내게 그대 이야기를 했고, 그대를 여기로 오게 한 수단이자 도구였으니까요. 그러니 내가 이 세계의 황후인 것처럼 그대가 황후가 될 수 있는 또 다른 세상이 있는지 영들과 의논하고 물어보지요. 황후가 이렇게 말하기 무섭게 몇몇 비물질적 영이 황후를 찾아왔고, 황후는 그들에게 총 세 개의 세계, 즉 황후가 있는 불타는 세계와 황후가 떠나온 세계, 공작 부인이 사는 세계밖에 존재하지 않는지 물었다. 영들은 언급한 세 개의 세상에 나타나는 별들보다 더 많은 수

의 세상이 있다고 대답했다. 그러자 황후는 소중한 친구인 뉴
캐슬 공작 부인이 그중 한 세상의 황후가 될 수 있겠냐고 물었
다. 영들이 대답했다. 수많은, 아니, 무한한 세상이 있지만 통
치체가 없는 세상은 없습니다. 하지만 그중 기습하거나 정복할
수 있을 정도로 약한 나라가 하나도 없단 말입니까, 그녀가 말
했다. 영들은 루키아노스의 빛의 세계가 한동안 꺼져 가는 상
태였지만 최근 헬몬트라는 사람이 손에 넣고 그곳 황제로 있으
면서 필멸의 방벽으로 불멸의 부분들을 어찌나 강화했는지 현
재는 난공불락이 되었다고 대답했다. 그렇게 무한한 수의 세상
이 있다면 분명 내 친구인 공작 부인뿐만 아니라 누구든지 하
나를 얻을 수 있을 겁니다, 황후가 말했다. 그 세상들에 거주민
이 없다면 그렇겠지만 그 세상들은 폐하가 통치하는 이 세상
만큼이나 인구가 많습니다, 영들이 대답했다. 저런, 황후가 말
했다. 한 세상을 정복하기란 불가능하군요.* 그렇습니다, 영들
이 대답했다. 하지만 대부분의 정복자는 전리품을 즐기는 일이
거의 없습니다. 사랑받기보다는 두려움의 대상이 되어 대개 때
이른 죽음을 맞으니까요. 공작 부인이 영들에게 말했다. 어느
세상이 가장 정복하기 쉬울지 가르쳐만 주면 폐하께서 방법을
도와주실 테고 저는 운명과 운에 맡겨 보렵니다. 무명으로 나
태하게 안전한 삶을 사느니 차라리 고귀한 업적을 성취하기 위
해 모험하다 죽고 싶어요. 모험을 하다 죽으면 영광된 명성 속
에 살게 되겠지만 안전하게 살면 망각 속에 묻힐 테니까요. 영
들이 대답했다. 명성 높은 삶도 다른 삶들과 같습니다. 어떤 사

---

* 1666년판에는 "가능(not impossible)"하다고 되어 있었는데 1668년
판에서 "불가능(not possible)"으로 수정되었다.

람들은 오래 살지만 어떤 사람들은 일찍 죽으니까요. 그건 맞습니다만 그래도 단명한 명성이 가장 장수한 삶보다 더 오래가죠, 공작 부인이 말했다. 하지만 때가 맞지 않으면 명성을 안겨줄 업적을 성취하지 못하고 살 수밖에 없습니다, 영들이 대답했다. 하지만 공작 부인은 지상 세계의 황후가 되고 싶은지요, 영들이 계속해서 말했다. 원한다면 스스로 천상의 세계를 창조할 수도 있는데 말입니다. 뭐라고요, 황후가 말했다. 인간이 창조자가 될 수 있다는 말인가요? 네, 모든 인간은 비물질적 피조물이 살고 우리 같은 비물질적 신하가 가득한 비물질적 세계를 머리, 즉 두뇌가 허락하는 한에서 창조할 수 있습니다. 아니, 그뿐만 아니라 원하는 스타일과 통치체를 가진 세상을 창조하고, 그곳 생물에게 원하는 움직임과 형상, 형식, 색채, 지각 등을 주고, 최고라고 생각하는 소용돌이와 빛, 압력, 반작용 등을 만들 수도 있죠. 아니, 혈관과 근육, 신경으로 가득 찬 세상을 만들어 놓고 이 모든 걸 한 번 흔들거나 쳐서 움직일 수도 있습니다. 또한 그 세계를 원할 때마다 변화시킬 수도 있고, 자연 세계에서 인공 세계로 바꿀 수도 있으며, 관념의 세계, 원자의 세계, 빛의 세계, 아니면 상상력이 이끄는 대로 어떤 세계든 만들 수도 있습니다. 그런 세상을 만들 힘이 있는데, 목숨과 명성과 평안을 내걸어 가며 지저분한 물질세계를 정복할 필요가 있습니까? 당신이 누릴 수 있는 물질세계는 딱 한 개체가 누릴 수 있는 정도밖에 안 되는데, 물질세계의 범위를 생각할 때 그건 아주 조금에 불과합니다. 친구인 여기 황후님을 통해 똑똑히 보셨겠지만, 황후께서는 온 세상을 다 소유하고 있지만 그 세상의 일부분밖에 누리지 못하고 있지요. 그 세상을 속속들이 꿰고 있어서 자신이 지배하는 온갖 장소와 나라, 영지 들을 다 아

는 것도 아닙니다. 사실 군주에게는 총체적 문제가 있지만 백
성은 부분들에서 온갖 즐거움과 기쁨을 누리지요. 고생해 가며
온갖 구석구석을 여행하고 한 곳에서 다른 곳으로 가는 불편을
견디지 않고서는 한 사람이 한 왕국, 아니, 한 지역조차 동시에
즐기기란 불가능하니까요. 그러니 영광과 즐거움, 기쁨이란 그
저 다른 사람들의 의견 속에 있을 뿐, 당신 마음에 평온을 더해
주지도, 몸을 편안하게 해 주지도 않는데 왜 물질세계의 황후
가 되어 통치에 따르는 근심에 시달리려 하는 겁니까? 반면 자
기 마음속에 세상을 창조하면 통제나 반대 없이 모든 걸 전체
적으로도 부분적으로도 즐길 수 있고 마음에 드는 세상을 만들
고 원할 때 바꾸며 세상이 줄 수 있는 모든 기쁨과 즐거움을 누
릴 수 있는데 말입니다. 여러분이 제 야심 찬 희망을 버리게 하
셨어요, 공작 부인이 영들에게 말했다. 그러니 그 조언을 받아
들여 제 밖의 모든 세상을 거부하고 경멸하고 저 자신만의 세
상을 만들겠습니다. 황후가 말했다, 내가 그런 세상을 만든다
면, 나는 두 개의 세상, 내 안의 세상과 내 밖에 있는 세상의 주
인이 되겠군요. 그러십시오, 폐하, 영들이 말했다. 그래서 두 여
인은 자기 안에 두 개의 세상을 창조하기 위해 떠났고, 또한 자
기 세상들을 완벽하게 만들 때까지 서로 헤어졌다. 뉴캐슬 공
작 부인은 현재 아무 세상도 가지고 있지 않으므로 아주 진지
하고 성실하게 자신만의 세상을 만들었다. 부인은 처음에는 탈
레스*의 의견에 따라 세상의 틀을 만들기로 결심했지만, 귀신
들이 몹시 괴롭혀 대면서 부인의 의지대로 하도록 내버려 두
지 않고 자기들 명령과 지시에 강제로 따르게 하려 했다. 그럴

* 세상을 구성하는 물질의 근원이 물이라고 주장한 그리스 철학자.

뜻이 없는 공작 부인은 그런 식으로 세상을 만드는 것을 그만
두고 피타고라스의 학설에 따라 틀을 짜기 시작했지만, 그 창
조 과정에서 숫자들, 또 여러 부분을 배열하고 구성하는 방법
이 너무 난감해서 계산 기술이 없는 그녀로서는 그 세계의 창
조 또한 단념할 수밖에 없었다. 그러고 나서 공작 부인은 플라
톤의 의견에 따라 세계를 만들고자 했으나, 그건 이전 두 경우
보다 더 골치 아프고 어려운 일이었다. 머리에서 수많은 이데
아가 흘러나오지만, 그 출처인 머리에서 기원하는 것 외에는
어떤 운동도 하지 않았기 때문에, 그것들을 움직이게 하는 것
이 인형술사가 여러 인형을 각각 움직이게 하는 것보다 더 어
려웠다. 어찌나 힘들었는지 그녀의 인내심은 그 개념들로 인
한 어려움을 견디지 못했고, 따라서 그 세계 또한 무너뜨리고
에피쿠로스의 의견에 따라 세상을 창조하기로 결심했다. 하지
만 작업을 시작하자마자 무한한 원자가 어마어마한 안개를 일
으키는 바람에 부인의 지각력을 거의 눈멀게 만들었다. 부인은
그 원자들을 담아 둘 진공이나 원자들이 물러나 있을 장소를
만들 수 없었고, 결국 한편으로는 그런 장소의 부재, 한편으로
는 질서와 방법의 부재로 인해 원자들의 혼란이 어찌나 기이하
고 기괴한 형상들을 만들어 냈는지 부인은 즐겁다기보다 공포
에 질려 거의 정신이 나갈 정도로 큰 혼란을 겪었다. 엄청난 야
단법석 끝에 드디어 마음속에서 이 안개 분말 입자들을 몰아내
고 청소한 부인은 아리스토텔레스의 견해에 따라 세상을 만들
려고 노력했다. 하지만 자신의 마음은 대부분의 학자들이 주장
하듯이 비물질이며 아리스토텔레스의 원칙에 따르면 무(無)에
서는 아무것도 만들어질 수 없다는 점을 생각하자 그 세계 또
한 단념할 수밖에 없었다. 그러고 나서 부인은 고대 철학자에

게서는 더 이상 모델을 가져오지 않겠다고 굳게 결심하고 현
대 철학자의 의견을 따르기로 했다. 이를 위해 부인은 데카르
트의 의견에 따라 세상을 만들려고 애썼지만, 에테르 소구체들
을 만들고 강력하고 활기찬 상상력으로 움직임을 부여하자 그
것들이 어찌나 엄청나게 빠른 속도로 회전운동을 하는지 머리
가 빙빙 돌아 거의 기절 상태에 이르렀다. 그 소구체들이 끊임
없이 비틀거리며 움직이는 바람에 공작 부인의 생각이 술에 취
하기라도 한 듯이 휘청거렸던 것이다. 그래서 그녀는 그 세계
를 해체하고 홉스의 의견에 따라 또 다른 세계를 만들기 시작
했지만, 이 상상 세계의 모든 요소가 서로를 밀어붙이고 몰아
치기 시작하자 마치 양들을 괴롭히는 늑대 떼나 산토끼를 사냥
하는 개 떼 같았다. 그 압력에 맞설 반작용을 찾았을 때는 그녀
의 마음이 너무나 온통 짓눌려져 있어서 생각이 앞으로도 뒤로
도 움직일 틈이 없었고, 그 때문에 어찌나 끔찍한 두통이 생겼
는지 그 세계를 해체하고 나서도 엄청나게 고생한 다음에야 그
압력과 반작용이 초래한 고통에서 벗어나 마음을 진정할 수 있
었다.

　　마침내 공작 부인은 어떤 모델도 자기 세상의 틀을 짜는
데 도움이 되지 않으리라는 것을 깨닫고 자신의 고안대로 세
상을 만들기로 결심했다. 이 세계는 감각적이고 이성적인 자가
운동질로 구성되었는데, 사실 가장 희박하고 순수한 등급의 물
질인 이성적 자가 운동질로만 구성되었다. 감각 물질이 몸의
지각 작용과 일관성에 응해 움직이듯이 이 등급의 물질은 (등
급들이 뒤섞여도 서로 다른 요소들이 한 번에 여러 방향으로
움직일 수 있으므로) 상상 세계의 창조를 향해 동시에 움직이
기 때문이다. 그렇게 세상이 만들어지고 나자, 그 모습이 어찌

나 기이하고 다양하며 질서 정연하고 현명하게 다스려지는지 말로는 도저히 표현할 수 없었고, 자신만의 세계를 만들며 공작 부인이 누린 즐거움과 기쁨 또한 마찬가지였다.

그러는 동안 황후도 마음속에서 여러 세계를 만들고 해체하기를 거듭하고 있었는데 너무 오리무중이라 그중 어느 것에도 마음을 붙이지 못했다. 그래서 황후는 공작 부인을 불렀고, 황후를 섬길 준비가 되어 있던 공작 부인은 자신의 소중한 세상을 가지고 가서 황후의 영혼을 초대해 그 세계의 틀과 질서, 통치체를 관찰하게 했다. 그것을 보고 홀딱 매혹된 황후의 영혼이 공작 부인의 세계에서 살고 싶어 했다. 하지만 공작 부인은 황후의 마음속에 그런 세상을 하나 더 만들라고 권고했다. 공작 부인이 말했다. 폐하의 마음속은 이성적 유체적 운동으로 가득 차 있지 않습니까. 제 마음의 이성적 운동도 감각 표현이 드릴 수 있는 최고의 지시들의 힘을 빌려 폐하를 거들 것입니다.

그렇게 황후는 자신만의 상상의 세계를 만들라는 공작 부인에게 설득되어 그 조언을 따랐고, 작업을 거의 마무리한 뒤에는 그 세계에 적합하고 유용한 온갖 종류의 생물을 고안하며 훌륭한 법으로 그 세상을 튼튼하게 하고 예술과 과학으로 아름답게 만들었다. 황후에게는 이제 그 상상의 세계를 해체하거나 자신이 사는 불타는 세계를 조금 바꾸는 게 아니라면 다른 할 일이 없었지만, 불타는 세계가 너무나 질서 정연해서 개선할 점이 없는 관계로 그 일은 거의 할 수가 없었다. 그 세계는 어떤 비밀이나 기만적 정책 없이 운영되었기 때문이다. 또, 그곳에는 어떤 야심이나 파벌, 악의적 비난, 사회 불화, 내부 다툼, 종교 분열, 외세 침략 같은 것도 없었고, 모든 사람이 평화로

운 사회, 화목한 평안, 종교적 화합 속에서 살았다. 황후는 공
작 부인의 세계를 보고 그곳의 여러 주권 통치체와 여러 나라
의 법률과 관습을 관찰하고 싶어 했다. 공작 부인은 갖은 수를
다 써서 황후의 관심을 그 여행에서 돌려놓으려고 하며 자신이
온 세상은 파벌과 분열, 전쟁으로 굉장히 혼란스럽다고 말했지
만, 황후는 자신의 계획을 굽히지 않으려 했고, 황제나 다른 신
하들이 자신의 여행 사실을 알고 그 계획을 방해하지 못하도
록 앞서 대화를 나누었던 몇몇 영을 불러서 자신이 다른 세계
로 여행을 떠나고 없을 때 자기 몸속 영혼의 자리를 대신해 줄
수 없는지 물었다. 그들은 할 수 있다고 대답했다. 괜찮으시다
면 하나뿐만 아니라 많은 영이 폐하의 몸속으로 들어가면 되니
까요, 그들이 말했다. 황후는 자기 영혼이 자리를 비울 때 오직
하나의 영이 자기 몸의 총독이 되었으면 좋겠고, 그 영은 정직
하고 영리한 영혼이어야 하며 가능하다면 여성의 영혼이면 좋
겠다고 했다. 영들은 영 사이에는 성별 차이가 없다고 했다. 하
지만 정직하고 영리한 영, 또한 폐하의 영혼을 많이 닮은 영을
택해 황제건, 아무리 신묘한 신하건 그게 폐하의 영혼인지 아
닌지 알지 못하도록 하겠습니다, 그들이 말했다. 이에 황후는
매우 기뻐했고, 영들이 물러난 다음 공작 부인에게 부인의 영
혼이 자리를 비울 때는 몸을 어떻게 채워 놓냐고 물었다. 공작
부인은 자신의 영혼이 없을 때는 감각적이고 이성적 유체적 운
동이 몸을 다스린다고 대답했다. 그래서 두 여인의 영혼은 두
개의 생각처럼 가볍게 공작 부인의 고향 세상으로 함께 여행을
떠났고, 놀랍게도 순식간에 그 세계의 모든 부분과 모든 생물
의 모든 활동을 다 보았다. 황후의 영혼은 그 세계의 온갖 다양
한 나라와 지역에 사는 인간들의 여러 활동을 특히 눈여겨보았

고, 그렇게 많은 나라와 통치체, 법, 종교, 의견이 있는데도 전반적으로는 다들 하나같이 야심 차고 오만하고 자부심과 허영심이 넘치고 방탕하고 거짓과 질투가 심하고 사악하고 부정하고 앙심이 깊고 불경하고 당파적인 것을 보고 놀라워했다. 또한 어떤 한 국가나 왕국, 공화국도 자기 몫에 만족하지 않고 이웃을 침입하려고 기를 쓰며, 최고의 영예는 약탈과 학살이지만 그 승리는 들인 비용만 못하고 손해가 이익보다 크며 정복당하면 철저히 몰락한다는 데 감탄을 금치 못했다. 하지만 황후가 가장 놀라워한 사실은 그들이 사람의 목숨보다 흙을, 평온보다 허식을 더 높이 평가한다는 점이었다. 세상의 황제는 전체가 아니라 일부밖에 즐기지 못하니 황제의 기쁨은 다른 사람들의 의견에 달려 있다고 황후는 말했다. 세상의 황후이신 폐하께서 그런 말씀을 하시다니 이상하군요, 공작 부인이 대답했다. 게다가 그냥 한 세상이 아니라 평화롭고 고요하고 고분고분한 세상의 황후이시면서요. 그건 사실이지만 평화롭고 고분고분한 세상이라 해도 그걸 통치하는 것은 기쁨이라기보다는 고생스러운 일이에요. 성실과 계획적인 고안, 지휘 없이는 질서가 있을 수 없으니까요. 게다가 위대한 군주들이 다스려 나가야만 하는 장대한 나라는 골치가 아프거든요. 폐하의 말씀을 들으니, 그렇다면 온 세상들 최고의 행복은 중용에 있다는 생각이 드네요, 공작 부인이 말했다. 물론이에요, 황후가 대답했다. 두 영혼이 여러 나라에서 온갖 장소와 종교적, 정치적 회합과 집회, 사법부의 여러 법정 등을 방문하고 나서 황후는 그 세계의 여러 지역 제왕 중 터키의 술탄이야말로 그의 말이 곧 법이며 권력이 절대적이니 가장 대단해 보인다고 말했다. 하지만 공작 부인은 죄송하지만 자신의 생각은 다르다고 했다. 술탄은 마호

메트의 계율과 종교를 바꿀 수 없으니 그 계율과 교회가 황제를 다스리지, 황제가 그들을 다스리는 게 아니라는 것이다. 하지만 술탄에게는 몇몇 특정한 일, 예를 들어 백성을 교회와 국가의 특정한 통치 구역에 배치하거나 쫓아낼 수 있는 권력이 있고, 이로써 교회와 국가 모두에 지휘권을 가지고 있어서 누구도 그에게 대적하지 못한다고 황후는 대답했다. 그건 사실이에요, 공작 부인이 말했다. 괜찮으시다면 제가 폐하를 모시기 위해 떠나온 지역으로 가시지요. 거기 가시면 술탄만큼 막강한 왕을 보실 수 있어요. 그분의 영토는 그렇게 크지 않지만 훨씬 더 강력하고, 그분의 법은 관대하고 믿을 수 있으며, 몹시 공정하고 현명하게 다스려서 그 백성은 그 세상 모든 나라와 지역에서 가장 행복한 사람들이지요. 그 왕을 몹시 보고 싶군요, 황후가 말했다. 그래서 그들은 함께 떠났고 곧 그 영지에 도착했지만, 대도시에 들어온 황후의 영혼은 많은 멋쟁이 남성이 어느 집으로 들어가는 것을 보고 공작 부인의 영혼에게 저 집이 무엇이냐고 물었다. 공작 부인은 희극과 비극이 공연되는 극장 중 하나라고 말했다. 황후는 그 희극과 비극이 진짜냐고 물었다. 공작 부인은 그게 아니라 지어낸 이야기라고 했다. 그러자 황후는 극장에 들어가 보고 싶어 했고, 공연 중인 연극을 보고 난 다음 공작 부인이 오락이 마음에 드는지 물었다. 아주 마음에 들어요, 황후가 말했다. 하지만 내가 보기에는 배우들이 관중보다 더 보기 좋고, 장면들이 배우보다 더 나으며, 음악과 춤이 연극 자체보다 더 유쾌하고 마음에 드는군요. 장면들은 재치를, 춤은 해학을 나타내고 음악은 코러스잖아요. 공작 부인이 말했다. 폐하께서 그렇게 말씀하시니 유감이네요. 이곳의 재사(才士)들이 그 말을 듣는다면 폐하를 비난할걸요. 뭐라고

요, 황후가 말했다. 표지판보다 자연스러운 얼굴을, 인위적 춤
보다 자연스러운 해학을, 유익한 진짜 설화보다 음악을 더 좋
아한다고 나를 비난할까요? 공작 부인이 대답했다. 설화로 말
하자면, 우리 시인들은 그건 극장보다는 늙은 여인들의 이야기
로나 더 어울린다며 무시하고 굴뚝 구석에 쑤셔 넣어 폐기 처
분하지요. 왜 당신네 시인들의 행동은 자기들 판단을 따르지
않는 거죠, 황후가 대답했다. 그 연극들은 그리스나 로마, 또는
새로 발견된 세계에 대한 옛이야기로 이루어져 있던데요. 공작
부인은 황후에게 대부분의 연극들이 옛이야기에서 따온 것은
맞지만 새로운 전개가 들어가서 그게 옛이야기와 합쳐지고 거
기에 새로운 서막과 장면들, 음악, 춤이 더해져 새로운 연극이
된다고 답했다.

그다음 두 영혼은 왕실 가족이 나라 최고의 귀족들의 수
행을 받으며 모두 함께 자리한 궁전으로 갔다. 아주 장엄한 광
경이었다. 왕과 왕비를 본 황후의 영혼이 깜짝 놀라는 기색을
보이자, 공작 부인의 영혼이 이를 알아채고 황후에게 왕과 왕
비와 모든 왕족을 어떻게 생각하냐고 물었다. 황후는 그 세계
에서 본 모든 제왕 중에서 막강한 권위와 상냥함이 그렇게 정
확하게 조합되어 어느 쪽도 다른 쪽을 가리거나 능가하지 않
는 경우는 지금까지 본 적이 없고, 왕비로 말하자면 덕성이 얼
굴에 의기양양하게 자리 잡고 있고 가슴에는 경건한 신앙심이
살고 있으며, 모든 왕실 가족이 거룩한 광채를 띠고 있는 것
같았다고 대답했다. 왕의 말을 들었을 때는 메르쿠리우스 신과
아폴로 신이 천상에서 온 교사였다고 믿게 됐다고 했다. 제 남
편이 폐하의 지상의 교사였습니다, 공작 부인이 덧붙였다. 하
지만 궁전에서 잠시 머문 뒤 공작 부인의 영혼이 매우 우울해

하자 황후가 무슨 이유로 그렇게 슬퍼하냐고 물었다. 공작 부인은 사랑하는 남편의 영혼과 대화하고 싶은 바람이 너무나 간절해서 더 머무는 걸 견딜 수가 없다고 말했다. 황후는 공작 부인에게 왕과 왕비, 왕실 가족이 물러날 때까지만 참으라며, 그러고 나면 당시 112마일 떨어진 시골에 살고 있던 공작 부인 남편의 영혼이 있는 곳까지 함께 가 주겠노라고 했다. 공작 부인은 그렇게 했고, 두 영혼은 뉴캐슬 공작이 있는 지역을 향해 갔다.

하지만 지금까지 내가 잊고 있던 게 하나 있다. 생각이 영혼의 자연 언어이기는 하지만 영혼은 매개체 없이 이동할 수 없는 관계로 영혼은 자신들 매개체의 본질과 적정함이 요구하는 언어를 사용하는데, 이 두 영혼의 매개체는 가장 순수하고 섬세한 공기로 만들어진 데다 인간의 형상을 하고 있어서 그 순수함과 섬세함으로 인해 어떤 인간에게도 보이지도, 들리지도 않았다. 하지만 그 매개체가 좀 더 조잡한 공기였다면 그 공기 언어의 소리가 제피로스*의 바람 소리처럼 감지되었을 것이다.

이제 원래 이야기로 돌아가자. 황후와 공작 부인의 영혼은 공작이 사는 노팅엄셔로 들어가 셔우드 숲을 통과해 지나갔고, 이 숲은 건조하고 평탄하고 무성해 겨울에도 여름에도 여행하기에 몹시 쾌적한 곳이어서 황후의 영혼이 몹시 흡족해했다. 그 어떤 때에도 대단히 지저분하거나 흙먼지가 이는 적이 없었기 때문이다. 마침내 그들은 온통 빽빽한 숲에 둘러싸여 있는, 공작이 사는 집 웰벡에 도착했다. 황후는 크게 기뻐하고 즐거

---

* 그리스 신화에 나오는 서풍의 신.

워하며 공작 부인에게 이 왕국에서 지금까지 지나온 지역 어디에서도 이렇게 작은 면적 안에 이보다 많은 나무가 있는 곳은 보지 못했다고 말했다. 사실 육지보다 바다에 나무가 더 많은 것 같더군요, 황후가 말했다. 배를 말하는 것이었다. 공작 부인은 왕국에 오랫동안 내전이 벌어져 최고의 목재와 주요 궁전 대부분이 파괴되고 망가졌다고 말했다. 제 남편도 그 내전으로 많은 집과 땅, 동산뿐만 아니라 숲의 절반을 잃어서 개인 재산의 전체 손실액이 50만 파운드 이상에 달합니다, 그녀가 말했다. 불타는 세계에 있는 황금으로 공작의 손해를 회복할 수 있으면 좋을 텐데, 황후가 말했다. 공작 부인은 폐하의 친절한 소원에 몹시 공손하게 감사를 표했다. 하지만 소원으로는 파산을 회복하지 못하죠, 공작 부인이 말했다. 그래도 신께서 고결한 남편에게 큰 인내심을 주셔서 그 힘으로 모든 손실과 불운을 견디고 있습니다. 마침내 그들은 아주 장엄하지는 않아도 쓸모 있는 거처인 공작의 집에 들어갔다. 그 집을 본 황후는 공작에게는 이외에 다른 집이 없냐고 물었다. 아니요, 공작 부인이 대답했다. 여기서 5마일쯤 떨어진 곳에 볼소버라는 아주 근사한 성이 있습니다. 그렇다면 그곳을 보고 싶군요, 황후가 말했다. 안타깝게도 그곳은 텅 비었고 가구도 전혀 없습니다, 공작 부인이 말했다. 그래도 구조와 건물의 양식은 볼 수 있잖아요, 황후가 말했다. 그렇게 하시지요, 공작 부인이 대답했다. 그와 같이 두 사람이 대화를 나누고 있을 때 공작이 훈련된 말들을 보기 위해 집에서 나와 안뜰로 들어섰고, 그를 알아본 공작 부인의 영혼이 너무나 기뻐하자 공기 매개체가 햇빛을 받기라도 한 듯이 찬란하게 빛났다. 이를 통해 영혼이나 영의 열정이 유형적 매개체를 변화시킬 수 있음을 알 수 있었다. 그래서 두 여인의 영이 공작에게 다가갔지만 그는 그들을 지각하지 못했다. 황후는 훈련된 말들의 마술(馬術)을 지켜본 뒤 몹시 만족해하며 이는 아주 고상한 오락거리로 고귀하고 영웅적인 사람들에게 적합하고 어울리는 운동이라고 칭찬했다. 공작이 다시 집 안으로 들어가자 두 영혼도 그 뒤를 따랐고, 검술 연습을 하는 공작을 보고 견줄 데 없이 뛰어난 검술의 대가임을 알아본 황후는 마술을 보고 흡족해했던 것만큼이나 이 운동도 마음에 들어 했다. 하지만 공작 부인의 영혼은 남편이 식전에 그렇게 격렬한 운동을 해서 지나치게 흥분할까 봐 걱정한 나머지 황후의 영혼은 전혀 고려치 않고 자신의 공기 매개체를 떠나 남편의 몸속으로 들어가 버렸고, 이를 본 황후의 영혼도 똑같이 행동했다. 그러자 공작은 한 몸 안에 세 개의 영혼을 가지게 되었다. 그런 영혼들이 몇 개만 더 있었더라면, 공작은 마치 하렘 속의 터키 술탄과 같은 상황이 되었을 것이다. 다만 플라토닉 후궁이었을 것이라는 점만 다를 뿐. 하지만 현명하고 정직하고 재치 있고 친절하고 고결한 공작의 영혼이 대화로 황후의 영혼을 너무나 즐겁게 해 주어서 두 영혼은 서로에게 매혹되었다. 이를 눈치챈 공작 부인의 영혼은 처음에는 질투심을 느꼈지만, 다음 순간 플라토닉 연인끼리는 불륜을 저지를 수 없으며 거룩한 플라톤에서 유래된 플라토닉 연애는 신성하다는 생각을 하며 마음속에서 질투심을 떨쳐 냈다. 이 세 영혼의 대화는 너무나 유쾌해서 묘사조차 불가능하다. 공작의 영혼이 연극의 장면과 노래 들, 음악, 재치 있는 대화, 유쾌한 오락, 온갖 무해한 농담으로 황후의 영혼을 즐겁게 해 주었기 때문에 시간은 예상보다 더 빨리 흘러갔다. 결국 한 영이 찾아오더니 황제나 신하들이 황후의 영혼이 없다는 것을 눈치챈 것은 전혀 아니나 황

제의 영혼이 사랑하는 영혼의 부재로 너무 슬퍼하고 우울해해
서 온 황실이 이를 다 눈치챘다고 황후에게 말했다. 그래서 영
은 황후의 영혼에게 불타는 세계로, 그곳에 두고 온 자신의 몸
안으로 돌아가라고 권고했다. 이에 공작과 공작 부인의 영혼은
가능하면 황후의 영혼이 자신들과 더 오래 머물 수 있기를 바
라며 매우 안타까워했지만 그럴 수 없다는 것을 알고 마음을
접었다. 하지만 황후가 불타는 세계로 돌아가기 전, 공작 부인
이 황후에게 한 가지 은혜를 베풀어 달라고 했다. 황후께서 고
결한 남편과 운명 사이를 화해시켜 달라는 것이었다. 황후가
말했다. 아니, 두 사람이 적이란 말인가요? 네, 공작 부인이 대
답했다. 제가 아내가 된 이후로 두 사람은 내내 적이었어요. 아
니, 남편은 기억하는 내내 운명이 사사건건 앞을 가로막아 왔
다고 말하더군요. 황후가 대답했다. 정말 안타깝지만 나는 비
물질적 영들의 도움 없이는 운명과 대화를 할 수 없고 그건 이
세계에서는 할 수 없는 일이에요. 여기에는 대부분의 영이 거
주하는 공기층으로 보낼 파리인간도 새인간도 없잖아요. 공작
부인은 남편에게 자신을 변호할 대리인이나 변호사를 보내라
고 간절히 청하겠다고 말했다. 운명이 그들을 매수해서 공작이
질 수도 있어요, 황후가 대답했다. 그러니 최상의 방법은 공작
이 자기 편인 친구 하나를 택하고 운명이 또 하나를 택하게 해
서 이 방법으로 불화를 조정할 수 있을지 해 보는 겁니다. 공작
부인이 말했다. 판결을 내릴 판사나 심판이 없다면 절대 합의
에 도달하지 못할 거예요. 판사는 쉽게 구할 수 있지만 공정한
판사를 구하는 것은 너무나 어려운 일이어서 찾기 힘들 듯하
군요, 황후가 대답했다. 자연에도 지옥에도 없고 오직 천국에
서밖에 구할 수 없는데, 그렇게 신성하고 거룩한 판사를 어떻

게 구할지 모르겠군요. 하지만 나와 함께 불타는 세계로 간다
면 할 수 있는 일을 다 해 보지요. 폐하를 모시는 것은 제 의무
이니 기꺼이 그렇게 하겠습니다, 공작 부인이 말했다. 다른 관
심사는 전혀 없으니까요. 그러자 황후는 운명과의 불화에 대해
공작과 이야기를 나누고 그들이 화해하는 게 자신의 바람이라
고 말했다. 공작은 늘 최선을 다해 운명과 친교를 맺고자 했지
만 그녀는 늘 자신을 적대시해서 지금까지 우정을 얻지 못했다
고 대답했다. 하지만 해 보지요. 제 두 친구, 분별과 정직을 보
내 저를 변호하도록 하겠습니다, 공작이 말했다. 그래서 이 두
친구는 공작 부인과 황후와 함께 불타는 세계로 갔다. (앞으로
보게 되겠지만 활동은 유체적이어도 그들은 비물질이어서 영
들과 다소 비슷하기 때문이다.) 그곳에 도착한 다음 휴식을 취
하고 황제와 기쁨을 함께한 황후는 파리인간을 보내 몇몇 영
을 불러 운명과 뉴캐슬 공작의 불화 조정을 도와 달라고 했다.
하지만 그들은 운명은 너무 변덕이 심해서 혹여 변론을 듣겠다
고 약속한다 해도 그럴 인내심이 전혀 없을 가능성이 절대적으
로 크다고 말했다. 그래도 그들은 황후의 의뢰를 받고 최선을
다했고 결국 우둔과 경솔을 친구로 선택하게 하는 데까지는 운
명을 설득해 냈다. 하지만 판사 선택 문제에서는 서로 합의하
지 못하다가 결국 숱한 고심 끝에 진실이 변론을 듣고 판결을
내리기로 결정했다. 그렇게 모든 것이 준비되고 시간이 정해지
자, 황후와 공작 부인의 영혼은 함께 변론을 들으러 갔고, 모든
비물질적 참석자가 모이자 운명이 황금구 위에 서서 다음과 같
은 연설을 했다.

고귀한 친구 여러분, 우리는 뉴캐슬 공작과 저의 불화에 관한 변론을 들으러 여기 모였습니다. 황후님의 대사인 비물질적 영들의 설득으로 이에 기꺼이 따르기는 하지만, 공작의 영혼도 이 자리에 참석해 스스로를 대변하는 게 온당했을 것입니다. 하지만 공작이 이 자리에 없으니 공작의 아내와 친구들, 또한 제 친구들에게 제 입장을 표명하겠습니다. 제 연설은 특히 황후님을 향할 것입니다. 먼저, 폐하께서도 아시겠지만 제게 불평을 늘어놓고 비방을 일삼는 이 공작은 늘 저의 적이었습니다. 저보다 정직과 분별을 더 좋아하고 제 호의들을 무시해 왔으니까요. 아니, 그뿐만 아니라 저와 싸우고 제 권력보다 자신의 결벽을 더 사랑했습니다. 공작은 바보와 악당 들의 친구에 불과한 변덕스러운 운명보다 자기 친구들인 정직과 분별을 더 존중해야 한다고 비웃으며 말했습니다. 그런 무시와 경멸을 받고도 제가 공작의 적이 될 정당한 이유가 없는지 폐하께서 직접 판단하시기 바랍니다.

운명이 이렇게 연설을 마친 뒤, 공작 부인의 영혼이 자리에서 일어나 비물질적 회합을 향해 다음과 같이 말했다.

고귀한 친구 여러분, 제 남편이 직접 이 자리에 참석하지 않았으니, 죄송하지만 제가 남편을 옹호하여 운명의 여신에게 답을 하는 게 적절하리라 생각합니다. 제 남편의 친구 선택 문제와 운명에게 퍼부었다는 무시와 경멸에 대해 운명이 한 불평을 모두 들으셨으니, 제가 대답하도록 허락해 주십시오. 먼저 친구 선택 문제라면 제 남편은 자신이 현명한 사람임을 증명했습니다. 그리고 운명이 고발한 경멸과 무례 문제라면, 감히 말씀드리지만 남편은 너무나 신사여서 평생 어떤 여성도 경시하거나 경멸하거나 무례를 범한 적이 없다고 확신합니다. 오히려 남편은 여성을 몹시 섬기고 옹호하여 이를 위해 목숨과 재산을 내건 사람입니다. 하지만 성정이 올바르고 정직한 사람이라 자신이 목숨보다 더 중시하는 것, 즉 평판은 운명에게 맡길 수 없었습니다. 운명은 정직하고 올바른 사람들의 편에 서지 않고 그들을 내쳤으니까요. 양쪽 편을 다 들 수 없으니 남편은 자신의 양심과 본성, 소양에 맞는 쪽에 서기로 했고, 그 선택을 이유로 운명은 자신이 남편의 공공연한 적이라고 선언했을 뿐만 아니라 몇 번이나 남편과 전쟁을 치렀습니다. 아니, 여러 번 육박전까지 벌였죠. 결국 강력한 왕녀이자 일부에서 믿듯이 신인 운명은 남편을 제압하고 추방시켜 비참한 생활을 하게 하고 몰락시키고 대부분의 친구를 앗아 갔습니다. 자신에게 맞서는 수많은 사람에게 호의를 베풀면서도 남편에게는 여전히 눈살을 찌푸렸습니다. 남편은 이 모든 것을 극강의 인내심과 운명의 여신에 대한 존경심으로 참아 냈고 운명의 총아들을 거스르려 애쓰는 일이라고는 전혀 없이 그저 정직한 자신이 운명의 궁전에서 어떤 호의도 받지 못한다는 것을 안타까워하기만 했습니다. 남편은 운명의 총애를 받는 누구도 해한 적이 없고, 운명의 적이었던 적도 없으며, 늘 그 권력과 위엄에 합당한 존경과 숭배를 바쳤습니다. 그리고 여전히 언제든지 정직하고 분별 있게 그녀를 섬길 준비가 되어 있습니다. 그저 운명의 여신께서 지금까지 적이었던 것처럼 앞으로는 친구가 되어 주기를 간절히 바랄 뿐입니다.

공작 부인의 연설이 끝나기 무섭게 우둔과 경솔이 벌떡 일
어나더니 둘 다 동시에 속사포처럼 떠들어 대기 시작해 모인
사람들뿐만 아니라 자신들조차 서로가 무슨 말을 하는지 알지
못했다. 이에 운명이 살짝 당혹해하며 하나씩 말하든지 입을
다물라고 명령했지만, 분별은 하나씩뿐만 아니라 현명하게 말
하라고 명해야 한다고 했다. 그렇지 않으면 아예 아무 말도 하
지 않는 게 최고라는 것이다. 이에 운명은 매우 분노하며 분별
에게 불손하기 짝이 없다고 말하고는 우둔에게 알리고 싶은 사
실을 표명하라고 명했지만, 우둔의 연설은 너무 멍청하고 뒤죽
박죽이고 터무니없어서 누구도 이해하지 못했다. 게다가 어찌
나 지루한지 운명은 우둔의 입을 다물게 하고 경솔에게 변론을
명했고, 경솔은 이렇게 연설을 시작했다.

위대하신 운명님, 뉴캐슬 공작 부인은 부인의 명도 받지 않고
이 고귀한 회합에서 주제넘게 부인께 직접 화답하는 연설을
함으로써 소문대로 매우 오만하고 야심 찬 사람임을 스스로
증명했습니다. 부인에게 반론을 제기했을 뿐만 아니라 남편
이 정직하고 분별 있게 부인을 섬길 자세가 되어 있다며 부인
보다 정직과 분별을 더 높이 사는 연설을요. 이는 도저히 용서
할 수 없는 주제넘은 행동입니다. 정직과 분별의 급이 더 높
다고 내버려 두신다면 그 누구도 부인을 존경하거나 숭배하
지 않을 테고, 부인은 모시는 이 하나 없이 모두의 멸시와 무
시, 비웃음을 당하게 될 겁니다. 신의 지위에서 내려와 교회
입구나 귀족의 성문 앞에서 비참하고 지저분하게 구걸을 하
겠지요. 그러니 그런 참사를 막기 위해서는 뉴캐슬 공작과 공
작 부인, 그리고 그 두 친구들에게 힘닿는 한 많은 불행과 무

시를 내려 주십시오. 그러지 않으면 분별과 정직이 인간들의 최고이자 유일한 도덕 신이 될 것입니다.

경솔이 이렇게 연설을 끝내자 분별이 일어나 다음과 같이 입장을 밝혔다.

아름다운 진실님, 위대한 운명님, 그리고 그 외 고귀한 친구 여러분, 저는 소중한 친구인 뉴캐슬 공작을 위해 먼 길을 왔습니다. 상처를 더 내기 위해서가 아니라, 가능하다면 이미 있는 상처들을 치유하기 위해서요. 저는 주제넘게 신을 자처하지 않습니다. 그저 제 유일한 청은 부디 기꺼이 제 공물을 받아 주십사 하는 것입니다. 저는 보잘것없고 간절한 탄원자이고, 신이 보시기에 평화의 공물보다 더 기꺼운 공물은 없으니까요. 이를 위해 저는 운명님과 뉴캐슬 공작 사이를 화해시키고자 합니다.

그녀는 그렇게 말했고, 아직 계속 말하고 있는데 정직이 일어나 분별의 말을 가로막았다. (응당 가져야 할 정도의 분별을 정직이 늘 가지고 있는 것은 아니기 때문이다.)

저는 운명에게 아첨하는 소리를 들으려고 여기 온 것이 아니라 운명과 공작 사이의 송사가 해결되는 것을 들으러 왔습니다. 수사와 웅변을 늘어놓으려고 온 것이 아니라 그 진상을 명백하고 진실되게 제기하기 위해 왔습니다. 그래서 우리가 변론하는 공작이 제 양자였으며 지금도 그렇다는 것을 여러분께 알립니다. 저는 공작을 어릴 때부터 정직하게 길렀으며,

감사와 자비, 아량과 부단한 우정을 쌓아 주었습니다. 분별의 학교에 보내 그녀에게 지혜를 배우고 절제와 인내, 자비, 아량의 규칙을 알게 했습니다. 다음에는 명예의 대학교에 보냈고, 거기서 모든 영예로운 자질과 예술, 과학을 배우게 했습니다. 그다음에는 활동이 벌어지는 세상으로 여행을 보내서 관찰을 교사로 붙여 주었고, 공작은 그 여행으로 경험과 우정을 쌓았습니다. 이 모든 것을 통해 공작은 하늘의 축복과 운명의 호의를 받기 적합한 사람이 되었지만, 운명은 가치와 자격 있는 사람들을 모두 증오하며 공작의 숙적이 되어 할 수 있는 온갖 해악을 저질렀고, 이에 마침내 정의의 신이 운명의 악의를 저지하고 운명이 공작을 밀어 넣은 파멸에서 구해 냈습니다. 정의의 신의 총아들이 공작을 옹호한 덕분이었죠. 간단히 말해 운명이 공작에게 적의를 품은 진짜 이유는 공작이 절대 운명에게 아첨을 하지 않았기 때문입니다. 저, 정직이 그러지 말라고 명했기 때문이지요. 그렇지 않았다면 공작은 운명의 온갖 변덕을 따르고 온갖 부당한 명령에 복종할 수밖에 없었을 테고, 그래서 엄청난 질책을 받았을 겁니다. 하지만 반면 분별은 운명의 호의를 경멸하지 말라고 충고했습니다. 그러면 공작의 가치와 장점에 방해와 지장이 될 테니까요. 공작은 우리의 충고와 조언을 모두 따르기 위해 아첨도 경멸도 하지 않고 명예와 정직, 양심이 허락하는 한 늘 운명을 겸허하고 정중하게 대했습니다. 이 모두를 진실의 판정에 참조용으로 말씀드리며 최종 판결을 기다리겠습니다.

정직의 꾸밈없는 연설을 들은 운명은 몹시 무례한 연설이라고 생각했고 진실의 판정을 듣지 않겠다며 격노해서 가 버렸다. 이에 황후와 공작 부인 모두 자기들의 노력이 헛수고가 되었다며 몹시 걱정했다. 하지만 정직은 공작 부인을 꾸짖고 그녀가 운명의 호의를 너무 많이 바라서 벌을 받을 거라고 말했다. 부인은 신들의 은총에 대한 믿음이 없어 보인다는 것이다. 이 말에 공작 부인은 울면서 자신은 신들의 은총을 불신하지도, 운명의 호의에 의지하지도 않았고, 그저 남편에게 막강한 적들이 없기를 바랐을 뿐이라고 대답했다. 우는 공작 부인을 보자 마음이 아파진 황후는 화가 나서 정직에게는 분별에게 있는 사려가 부족하다고 말했다. 당신은 칭송받기는 해도 분별의 인도 없이 지각없는 짓들을 많이 저지르는 경향이 있어요, 황후가 말했다. 이 책망에 분별은 미소 지었고 정직은 약간 당황했지만, 곧 아주 좋은 친구가 되었다. 공작 부인의 영혼은 황후와 함께 불타는 세계에 얼마 동안 머문 뒤 남편에게 돌아가도록 허락해 달라고 청했다. 황후는 형편이 되는 대로 최대한 자주 찾아와야 한다는 조건하에 이를 허락했고, 자기도 공작 부인에게 마찬가지로 그러겠다고 약속했다.

그래서 공작 부인의 영혼은 황후와 영들에게 작별 인사를 한 뒤 분별과 정직과 함께 자신의 세상으로 돌아갔고, 영들은 조만간 운명과 공작 사이를 화해시키도록 노력하겠다고 몹시 정중하게 약속했다. 그런데 막 떠나려는 순간 황후가 전령을 보내더니 떠나기 전에 잠깐 의논할 거리가 있다고 했다. 공작 부인이 이에 기꺼이 응해 황후의 뜻을 받들러 오자, 황후는 공작 부인은 자신의 가장 소중한 플라토닉 친구이며 그 공정하고 공평한 판단을 늘 높이 평가하고 있어서 공작 부인이 떠나기 전에 불타는 세계를 다스리는 문제에 대해 조언을 구하지 않을 수 없었다고 했다. 이 세계는 내가 황후가 되었을 때 처음에는 아주 훌륭하고 지혜롭게 질서가 잡혀 통치되고 있었지만, 변화와 다양성을 좋아하는 게 여성의 본성인지라 황제에게서 절대 권력을 받고 나서 내가 통치 형태를 처음 형태에서 조금 바꾸었어요. 그런데 이제 세상이 처음처럼 고요하지 않아 마음이 아주 괴롭습니다. 특히 벌레와 곰, 파리 인간, 원숭이인간, 사티로스, 거미인간, 그 외 그런 모든 종 사이에 논쟁과 불화가 있어, 이것이 공공연한 반란으로 불거져 통치체에 큰 혼란과 파멸을 가져올까 봐 두려워요. 그래서 이 세계가 전처럼 평화롭고 고요하고 행복지는 데 최대한 도움이 되는 질서를 잡을 수 있는 방법에 대해 그대의 조언과 도움을 얻고 싶어요, 황후가 말했다. 이에 공작 부인은 황후가 처음 이 세계의 황후가 되었을 때 이 세계가 얼마나 훌륭하고 행복하게 다스려지고 있었는지 들었으니 전과 동일한 통치 형태를 다시 도입하라는 조언을 하겠다고 답했다. 즉, 온 세상이 불화 없는 하나의 화목한 가족, 아니, 신과 축복받은 성인들과 천사들처럼 될 수 있도록 하나의 제왕, 하나의 종교, 하나의 법, 하나의 언어를 두라는 것이다. 그렇지 않으면 이 세계는 머잖아 제가 떠나온 세상만큼 불행한, 아니, 비참한 세상이 될 수도 있어요. 세상들보다 제왕들이, 통치체들보다 자칭 통치자들이, 신들보다 종교들이, 진실보다 그 종교 내 의견들이, 정의보다 뇌물이, 필수품보다 정책이, 위험보다 두려움이, 부(富)보다 탐욕이, 공적보다 야심이, 보상보다 수고가, 재치보다 말이, 지식보다 논란이, 고귀한 행동보다 소문이, 가치보다 편파에 따른 선물이 더 많은 제 세상처럼 말이에요. 그 모든 것은 폐하의 불타는 세계는 절대 몰랐던, 또한 폐하께서 이곳을 다스리기 시작했을 때 있었던 통치체를 바꾸지 않았다면 아마도 절대 알지 못했을 엄청난 불

행, 아니, 저주입니다. 폐하께서 곰, 물고기, 파리, 원숭이, 벌레
인간, 사티로스, 거미인간 등의 파벌 싸움과 그들의 끝없는 논
쟁과 다툼에 대해 불평을 많이 하시니 그 학회를 모두 해산시
키라고 권고하고 싶습니다. 나라가 동요하고 어수선한 것보다
는 그들의 지성이 없는 편이 나으니까요. 사실 지식이 있는 곳
에는 십중팔구 논쟁과 다툼도 있게 마련이에요, 그녀가 말했
다. 그런 곳에는 다른 이들보다 더 많이 알고 더 현명한 자들
이 늘 있으니까요. 어떤 이들은 자기 주장이 더 진실에 가깝고
다른 주장들보다 더 합리적이라고 생각하고, 어떤 이들은 자기
의견만 완강히 고집한 나머지 합리에 절대 따르지 않고, 또 어
떤 이들은 자기 생각이 이성에 단단히 근거하고 있는 게 아니
라는 걸 알면서도 이를 번복하면 체면이 손상될까 두려워 모든
분별과 합리에 맞서 자기 주장을 고수하죠. 그러면 학파 내에
파벌이 생길 수밖에 없고 결국에는 전쟁이 터지고 때로는 국가
나 통치권의 몰락을 가져옵니다. 황후는 공작 부인에게 기꺼이
그 조언을 따르겠지만 자신의 포고와 조례, 법을 바꾸면 영원
한 망신거리가 될 거라고 말했다. 이에 공작 부인은 그것은 절
대 망신스러운 일이 아니라고 했다. 나쁜 쪽에서 나은 쪽으로
되돌아가는 것은 오히려 폐하의 영원한 영예가 될 것이며 폐
하가 보통 이상의 현명하고 훌륭한 사람임을 드러내고 공표하
게 될 거라고 했다. 자신의 실수를 인식할 정도로 현명하고 그
걸 고집하지 않을 정도로 훌륭한 사람 말이에요. 그런 사람은
거의 없거든요. 그래서 폐하는 이 세계에서는 영광스러운 명성
을, 내세에서는 영원한 영광을 얻게 되실 겁니다. 제가 살아 있
는 한 그걸 위해 기도드릴게요, 공작 부인이 말했다. 그 조언을
듣자 황후의 영혼은 공작 부인의 영혼을 포옹하고 비물질적 키

스를 했고, 입에 발린 소리나 하는 아첨꾼이 아니라 진정한 친구인 공작 부인과 헤어질 수밖에 없는 슬픔에 비물질적 눈물을 흘렸다. 하지만 사실 이들의 플라토닉 우정은 아주 견고해서 사랑하는 두 영혼은 종종 만나 함께 대화를 즐겼다.

# 새로운 불타는 세계의 묘사
## 2부

이제 불타는 세계에 가장 이익과 안정을 가져오는 방향으로 통치체를 정비하고 확립한 황후는 아주 행복하고 즐겁게 나라를 다스리며 살았고, 간간이 비물질적 영들의 방문을 받았다. 영들은 황후가 알고 싶어 하고 자신들이 알려 줄 수 있는 모든 정보를 가져다주었다. 어느 날 영들이 황후가 떠나온 세상이 커다란 전쟁에 휘말렸으며 그 세계 대부분의 나라가 황후의 친구들과 친척들이 모두 살고 있는 고국인 왕국과 맞서 싸우고 있다는 소식을 전했다. 이 소식에 황후는 심히 괴로워했다. 황후의 괴로움이 어찌나 컸던지 황제가 눈물을 보고 황후가 슬퍼하는 것을 눈치채고 그 이유를 묻자, 황후는 자기가 떠나온 고국이 수많은 나라의 침략을 받고 파멸될 지경에 처해 있다는 소식을 영들로부터 들었다고 말했다. 이 비보에, 특히 그로 인해 황후가 느끼는 괴로움에 몹시 공감한 황제는 최대한 황후를 달래려 애쓰면서 불타는 세계에서 해 줄 수 있는 모든 원조를 황후에게 해 주겠노라고 말했다. 황후는 불타는 세계에서 자신이 떠나온 세계로 병력을 수송할 수 있는 가능성이 조금이라도 있다면 그 세계의 파멸을 이렇게 걱정하지도 않을 거라고 대답했다. 하지만 그런 일을 실행할 수 있는 가능성이 전혀 없으니 고국을 기꺼이 돕고자 하는 마음을 어떻게 보여 주어야 할지 알 수가 없습니다, 황후가 말했다. 황제는 이 전쟁 소식을 알려 준 영들이 그들의 모든 힘과 무력을 사용해 황후를 도와 그 적들에게 맞설 수 없냐고 물었다. 황후는 영들은 무장을 할 수도, 인공 무기를 사용할 수도 없다고 대답했다. 영들의 매개체는 인공체가 아니라 자연체이고, 게다가 폭력적이고 강렬한 전쟁 행위는 비물질적 영들과 절대 맞지 않을 것입니다. 비물질적 영들은 싸우지도 못하고 참호나 요새 같은 것을 만들지도 못하니까요, 황후가 말했다. 하지만 그들의 매개체는 할 수 있을 것 아닙니까. 특히 그 매개체가 남자의 몸이라면 전쟁 행위에 쓸모 있지 않겠습니까, 황제가 말했다. 안타깝지만 그렇게는 안 됩니다, 황후가 대답했다. 우선 군대 하나를 통째로 꾸릴 수 있을 정도로 많은 수의 매개체용 시신을 구하기가 어려울 겁니다. 하물며 수많은 나라와 싸울 수많은 군대를 만들기란 더 어려울 테고요. 혹여 그게 가능하다 해도 썩지 않은 시신을 한 나라에서 그렇게 많이 구하는 건 불가능해요. 그 시신들을 다른 나라에서 가져오는 건 너무나 어렵고 불가능한 일일 테고요. 하지만 이 모든 어려움을 다 극복할 수 있다 치더라도 절대 피할 수 없는 장애물이 하나 있습니다. 이 썩지 않은 시신들이 모두 동시에 죽었다 하더라도 그 시신들을 집결시키고 전투 자세를 취하게 해 가공할 군대를 만들기도 전에 악취를 풍기며 썩어 버릴 거예요. 그래서 전투에 나갈 때면 썩어서 흙과 재가 되어 순수한 비물질적 영들은 무방비 상태로 남게 되겠죠. 아니, 이 시신들을 악취와 부패로부터 보존하는 게 가능하다 하더라도, 비물질적 영들이 그 시신들을 지배하고 명령하는 것을 그 시신들의 영혼이 내버려 두지 않고 그 몸의 정당한 주인인 자기들이 들어가 다스리려 하겠죠. 그러면 물질적 몸속에 들어간 그 비물질적 영혼들과 비물질적 영들 사이에 전쟁이 일어날 테

고, 그 모든 것이 이들이 제 고국의 적들에 맞서 전쟁에 나가는
걸 막겠지요. 일리 있는 말입니다, 황제가 말했다. 당신이 그
전쟁에 도움을 줄 방법을 내가 조언할 수 있다면 정말 좋겠구
려. 그런데 당신이 예전에 당신의 소중한 플라토닉 친구 뉴캐
슬 공작 부인과 그 부인의 훌륭하고 유익한 조언에 대한 이야
기를 한 적 있으니, 그 부인의 영혼을 불러서 이 문제를 의논해
보는 게 좋을 것 같군요.

　　황후는 황제의 제안에 크게 기뻐하며 즉시 전술한 공작
부인의 영혼을 부르러 보냈고, 그 영혼은 즉시 황후를 섬기러
왔다. 황후는 공작 부인에게 자신의 비통하고 슬픈 마음을 털
어놓았고, 비물질적 영들이 가져온 소식에 자신이 얼마나 괴롭
고 고통스러운지 모른다며 가능하다면 할 수 있는 최고의 조언
으로 자신을 도와서 자신이 고국에 품고 있는 사랑과 애정을
최대한 보여 줄 수 있게 해 달라고 청했다. 이에 공작 부인은
있는 힘껏 폐하를 돕겠다고 약속하며 이는 아주 중요한 일이고
중대사에는 심사숙고가 필요하니 잠시 생각할 시간을 달라고
청했고, 황후는 기꺼이 이를 허락했다. 공작 부인은 잠시 곰곰
이 생각하더니 황후에게 세이렌, 즉 인어들을 보내 불타는 세
계에서 황후가 떠나온 세계로 가는 통로를 찾아보게 하라고 했
다. 배가 그 세계에서 나와 이 세계로 들어오는 통로가 있다면,
분명 같은 통로를 통해 배가 이 세계에서 나가 그 세계로 들어
갈 수도 있을 겁니다, 공작 부인이 말했다. 이에 인어, 즉 물고
기인간이 파견되었다. 다수의 물고기인간은 최선을 다해 성실
하게 이곳저곳을 헤엄쳐 다닌 끝에 마침내 통로를 발견하고 황
후에게 돌아와 말했다. 그들의 불타는 세계에 오직 하나의 황
제, 하나의 통치체, 하나의 종교, 하나의 언어밖에 없듯이 그

세계로 들어오는 통로 또한 오직 하나밖에 없는데, 그 통로가 너무나 좁아서 우편선보다 큰 배는 통과할 수 없으며 늘 열려 있지도 않고 때로는 완전히 얼어서 봉쇄되어 있다고 했다. 그 설명을 들은 황제와 공작 부인은 그게 자신들의 계획에 장애물이 되지 않을까 하는 우려에 다소 심란한 기색을 보였다.

마침내 공작 부인은 황후에게 조선공들과 건축가들, 즉 거인들을 다 불러 달라고 했고, 이들이 오자 자신의 세계에 사는 몇몇 사람은 창의력이 매우 뛰어나서 물밑으로 다닐 수 있는 배를 발명해 냈다며 그렇게 할 수 있겠냐고 그들에게 물었다. 거인들은 그런 발명품은 들어 본 적 없지만, 그래도 기술로 할 수 있는 한 한번 해 보겠으며 그 방법을 알아내기 위해 있는 힘껏 노력하겠다고 대답했다. 그러는 사이 황후와 공작 부인은 진지한 토의를 했고, 수많은 논쟁 끝에 공작 부인은 몇 척의 배로 새와 벌레, 곰 인간을 조금 보내자고 했다. 세상에! 황후가 말했다. 그런 사람들이 다른 세계에서 무엇을 할 수 있단 말이오? 특히 그렇게 소수의 사람이? 곧 다 죽고 말 겁니다. 소총 하나면 단 한 방에 많은 새를 죽일 수 있으니까요. 공작 부인이 말했다. 폐하, 조금만 인내심을 가지고 제 조언을 믿어 주시면 반드시 폐하의 고국을 구하실 것이며 그렇게 해서 폐하께서 떠나오신 그 세계 전체의 여왕이 되실 겁니다. 공작 부인을 자신의 영혼만큼 사랑하는 황후는 그 말에 따랐다. 얼마 뒤 거인들이 돌아오더니 황후에게 공작 부인이 말한 물밑으로 다닐 수 있는 배를 만들 기술을 알아냈다고 말했다. 그 소식에 황후와 공작 부인 모두 몹시 기뻐했고, 배들이 다 준비되자 공작 부인은 황후의 영혼만이 아니라 반드시 몸이 직접 가야 한다고 황후에게 말했다. 하지만 저는 폐하를 정신적 방식으로, 즉 제

영혼으로 섬길 수밖에 없습니다, 그녀가 말했다. 나는 그대의
조언과 충고만을 바랄 뿐이니 그대의 영혼은 내 몸 안에서 내
영혼과 함께 살면 돼요, 황후가 말했다. 그러자 공작 부인이 말
했다. 폐하께서는 아주 많은 수의 물고기인간에게 배를 수행하
라고 명하셔야 합니다. 아시다시피 그 배들은 포격용으로 만들
어지지 않아서 전쟁에서는 전혀 쓸모가 없어요. 엔진의 도움으
로 앞으로 나아가고 물고기인간들이 사슬이나 밧줄의 도움으
로 원하는 방향으로 끌고 가서 앞으로든 뒤로든 달리게 할 수
는 있어도 싸우게 할 수는 없거든요. 그 배들이 황금으로 만들
어져 총알이 관통하지 못하고 그저 두드려 맞거나 찌부러질 뿐
이라 해도, 적들은 배를 공격하고 안으로 들어와 전리품으로
가져가 버릴 거예요. 그러니 물고기인간들이 대포 대신 폐하를
도와야만 합니다. 하지만 어떻게 물고기인간들이 대포나 온갖
무기도 없이 적과 맞서 나를 도울 수 있단 말인가요, 황후가 말
했다. 바로 그 때문에 많은 물고기인간이 필요하다는 거예요,
공작 부인이 말했다. 적의 배들이 폐하께 가까이 오기 전에 그
들에게 모두 부수어 버리라고 하면 될 테니까요. 황후는 어떻
게 그렇게 할 수 있냐고 물었다. 이렇게요, 공작 부인이 대답했
다. 벌레인간들을 불타는 산으로 (불타는 세계에는 그런 산이
아주 많으니까요) 보내 화염석을 다량 가지고 오게 하세요. 아
시다시피 그 돌은 젖어 있는 한 계속 타는 성질이 있고 다른 세
계의 배는 모두 나무로 만들어져 있으니, 그 방법으로 배에 불
을 지를 수 있을 거예요. 그 배들을 망가뜨려 항해하는 걸 막을
수만 있다면 폐하께서 그 세계 전체의 여왕이 되실 겁니다. 그
세계 대부분의 지역은 항해하지 않고는 살 수가 없으니까요.
게다가 화염석은 등불이나 횃불 대용으로도 도움이 될 거예요.

아시다시피 폐하께서 가시는 세상은 밤이면 (특히 달빛이 없
거나 달이 구름에 가린다면) 어둡고 이 세계처럼 불타오르는
별들이 가득하지도 않아요. 이 세계에서는 태양이 없을 때면
별들이 태양이 떠 있을 때처럼 환한 빛을 내지만, 그 세계에는
깜박거리는 별들이 조금 있을 뿐이어서 그 별들은 빛보다는 어
둠을 만들고 땅에서 수증기를 빨아들일 수만 있지 그걸 순화,
또는 정화하거나 전환시켜 맑은 공기로 만들지 못하거든요.

　　황후는 공작 부인의 조언에 전적으로 찬성하고 이를 기쁘
게 받아들였고, 당장 벌레인간들을 보내 전술한 화염석을 다량
가져오게 했다. 또한 공작 부인의 조언에 따라 다수의 물고기
인간은 물밑에서, 새인간은 공중에서, 곰과 벌레 인간은 배 위
에서 자신을 수행하라고 명했다. 사실 곰인간들은 북극성만큼
쓸모 있었지만, 새인간들은 배 갑판 위에서 왕왕 쉬곤 했다. 성
정이 선하고 고결한 황후도 그들이 오랜 비행으로 지치는 일이
없도록 하려고 했다. 그들은 육지에서는 한 나라에서 다른 나
라로 종종 날아가기는 해도 숲이나 땅에서, 특히 잘 시간인 밤
에는 휴식을 취하기 때문이다. 그래서 황후는 여러 종류의 충
실하고 쓸모 있는 신하들을 수송하기 위해, 또 그들의 양식을
나르기 위해 아주 여러 척의 배를 가져갈 수밖에 없었다. 게다
가 폐하를 모시고 싶어 하는 다른 신하들의 청원 때문에 너무
나 지쳐서 도저히 다 거절하지 못했다. 몇몇 신하가 황후를 모
시지 못하느니 차라리 물에 빠져 죽겠다고 했기 때문이다.

　　그렇게 모든 준비가 끝난 뒤 황후는 여행을 시작했다. 돛
을 올렸다는 말은 못 하겠다. 두 세계 사이의 (아주 짧기는 하
지만) 통로 일부 구간에서는 물고기인간들이 황금 사슬로 배
를 물밑으로 끌고 간 관계로 거기서는 돛이 필요 없었기 때문

이다. 배 안으로 물이 들어오는 것을 막고 배에 탄 육지 동물들의 호흡에 필요한 만큼의 공기를 만들거나 공급하는 것 외에 다른 기술도 필요 없었는데, 그 점은 거인들이 인공적으로 매우 잘 고안해 두어서 배에 탄 사람들은 조금의 불편도 느끼지 못했다. 황금 배들은 얼음 바다를 통과한 다음 수면으로 올라와 그대로 달려 황후의 고국인 왕국 근처까지 왔고, 거기서 곰인간들은 망원경을 통해 장비와 인력을 잘 갖춘 수많은 배가 왕국 전체를 포위하고 있는 모습을 포착했다.

황후는 적들의 시야에 들어가기 전에 물고기와 새 인간들을 보내 그 함대의 정보를 가져오게 했고, 적들의 숫자와 기지, 자세에 대해 듣더니 밤이 되면 새인간들은 전술한 화염석의 꼭대기를 적셔서 부리로 나르고 물고기인간들은 같은 식으로 하되 화염석을 물 밖으로 내민 채 옮기라고 명했다. 화염석들은 횃불이나 촛불 모양으로 깎여 있는 데다 수천 개나 되어 무시무시한 장관을 이루었다. 대기와 바다 모두가 활활 타오르는 불길에 휩싸인 것처럼 보이는 바람에 바다 위와 그 근처에 있는 사람들 모두가 진심으로 심판의 날 또는 최후의 날이 왔다고 믿고 다들 엎드려 기도를 드렸다.

동틀 녘 황후는 불들을 끄라고 명했고, 그러자 적의 해군 눈에는 돛이나 총, 무기, 다른 전쟁 도구라고는 전혀 없는 배 몇 척밖에 보이지 않았는데, 그 배들이 어떤 도움이나 지원도 없이 저절로 움직이는 것처럼 보여서 다들 깜짝 놀랐다. 또한 그들은 배가 황금으로 만들어진 것도 알아채지 못했다. 황후가 배를 모두 검정색이나 진한 색으로 칠하게 했으므로 그 인공적 채색 때문에 자연의 황금색이 보이지 않았다. 최고의 망원경으로도 보이지 않았다. 이 모든 것으로 적의 함대는 밤이면 공포에 떨고 아침이나 낮에는 어리둥절해하기만 했지 그 배들을 어떻게 판단하거나 이해해야 할지 몰랐다. 자극할 군대가 없는 한 그 배들이 무엇인지, 소속이 어디인지도 알지 못했기 때문이다.

그러는 사이, 고국의 군기를 아는 황후는 장군과 나머지 주요 지휘관들에게 편지를 보내 자신은 굉장한 권력을 가진 왕녀이며 그들을 도와 적들과 싸우기 위해 왔으니 도움과 원조를 바라면 입장을 밝히라고 알렸다.

이에 위원회가 소집되고 논쟁이 벌어졌지만 너무나 많은 반대와 이견이 있어서 그들은 황후에게 어떤 대답을 보내야 할지 급히 결정하지 못했다. 이에 황후는 크게 분노한 나머지 동포들에게 아무런 도움도 주지 않은 채 불타는 세계로 돌아가 버릴 결심까지 했지만, 뉴캐슬 공작 부인이 분노를 가라앉히라고 간청했다. 많은 사람이 서로 의견이 다르니 큰 위원회는 흔히 속도가 느린 법입니다. 게다가 모든 의원이 가장 박식한 사람이 되려고 기를 쓰면서 일장 연설을 해 대고 의혹을 불러일으켜서 지체되고요, 공작 부인이 말했다. 내 앞에서 일장 연설을 해 대는 의원들이 있다면 조언보다 말이 더 많다는 이유로 교수형에 처해 버릴 거예요, 황후가 대답했다. 공작 부인은 황후에게 화내지 말고 이 나라와 황후의 불타는 세계와의 차이점을 고려하라고 대답했다. 두 세계가 서로 같지 않은 데다, 이 세계는 불타는 세계보다 이해력이 둔하지 않습니까, 공작 부인이 말했다.

마침내 전령이 왔다. 전령은 황후의 친절한 제안에 감사 인사를 했지만, 그 외에도 그녀가 어디에서 왔는지, 그녀의 도움이 어떻게, 어떤 방식으로 그들에게 유용할 수 있을지 알고

자 했다. 황후는 자신이 어디에서 왔는지는 그들에게 말해야
할 의무가 없다고 대답했다. 하지만 원조 방식 문제라면, 불에
둘러싸인 채 휘황찬란한 빛을 내며 그쪽 해군에 나타날 겁니
다, 황후가 말했다. 전령은 언제 오시는 걸로 알면 되냐고 물었
다. 밤 1시 정도에 가지요, 황후가 대답했다. 전령은 그 정보와
함께 돌아갔고, 이 소식에 가엾은 의원들과 수병들 모두 두려
움에 떨었지만 그러면서도 그 기이한 광경을 보게 될 순간을
기다렸다.

　　약속한 시간이 오자 황후가 성석(토石)으로 지은 옷을 입
고 나타났는데 물고기인간들의 머리와 등에 의지해 수면 위에
떠 있어서 마치 물 위를 걷는 것처럼 보였고, 새인간과 물고기
인간들은 공중에서, 또 수면 위에서 불 밝힌 화염석을 날랐다.

　　멀리서 이 광경을 본 황후의 동포들은 가슴이 떨리기 시
작했다. 황후는 더 가까이 다가와 횃불들을 뒤로한 채 천사나
신처럼 오로지 빛나는 의상만 입고 나타났고, 그러자 모두들
그 앞에 무릎을 꿇고 엎드려 공손하고 정중하게 찬미했다. 하
지만 황후는 사람들이 의상에서 광채 외에 다른 어떤 것도 눈
치채지 않게 하고 싶었기 때문에 모두에게 목소리가 들릴 정도
의 거리 이상으로는 가까이 오려 하지 않았다. 모두가 자신의
목소리를 듣고 이해할 정도로 가까워지자, 황후는 다음과 같은
연설을 했다.

　　사랑하는 동포 여러분, 여러분은 저를 모르지만 여러분은 제
　　동포가 맞습니다. 저는 이 세계 대부분의 나라가 이 나라에
　　맞서 전쟁을 일으키기로 결정하고 이곳을 멸망시키려고, 적
　　어도 해군을 약화시키려 한다는 소식을 듣고, 이 왕국 태생으

로서 여러분을 도와 적과 싸우기 위해 다른 세계에서부터 항해해 왔습니다. 여러분과 거래를 한다거나 여러분의 안전보다 제 이익을 더 생각해서가 아니라, 이곳을 이 세계에서 가장 강력한 나라로 만들기 위해서입니다. 그래서 여러분이 무너져 파멸하도록 내버려 두느니 차라리 저 자신의 평안과 부, 기쁨을 버리기를 택했습니다. 제가 바라는 보답은 오로지 여러분에게 감사의 인사를 받고 고국에 제 힘과 사랑과 충성심을 표명하는 것뿐입니다. 지금은 한 세계 전체의 위대하고 절대적인 군주이자 황후이지만 한때는 저도 이 세계의 작은 일부에 불과한 이 왕국의 백성이었으니까요. 그러니 다음 밤이 오기 전에 제가 여러분의 적들을 모두 무찌르리라는 것을 확실히 믿게 하지요. 그러니까, 바다에서 여러분을 괴롭히는 적들 말입니다. 육지에 적이 있다면 그 적들과의 싸움도 도와서 여러분의 몰락과 파멸을 바라는 자들에게 모두 승리를 거두게 할 테니 안심해도 좋습니다.

이런 선언에 장군과 여러 배의 지휘관 모두가 자신들에게 베풀어 준 크나큰 은혜에 공손하고 진심 어린 감사를 하자, 황후는 작별 인사를 하고 자기 배들을 향해 떠났다. 하지만 이 선언이 황후의 동포들의 마음에 불러일으킨 분분한 의견과 판단은 대단했다! 어떤 이들은 황후가 천사라고 했고, 어떤 이들은 마법사라고 했고, 또 어떤 사람들은 신이라고 믿었으며, 어떤 사람들은 악마가 아름다운 여인의 모습으로 그들을 미혹했다고 했다.

다음 날 아침 해군들이 막 전투를 벌이려는 순간, 황후가 온통 다이아몬드와 홍옥으로 만들어진 황후복 차림에 한 손에는 한 개의 홍옥으로만 이루어진 원형 방패를, 다른 손에는 한 개의 다이아몬드로만 이루어진 창을 들고, 머리에는 다이아몬드 모자를 쓰고 바다 수면 위에 나타났다. 왕관 꼭대기에는 앞서 말한 성석으로 만든 별이 박혀 있고, 이마에는 같은 돌로 만든 반달이 붙어 있었으며, 그 외의 옷들은 모두 온갖 종류의 보석으로 만들어져 있었다. 물고기인간들에게 고국의 적들을 어떻게 무찌를지 이미 지시해 두었던 황후는 계획 실행에 착수했다. 물고기인간들은 (불타는 세계의 다이아몬드는 이 세계 최고의 다이아몬드와 조약돌의 차이만큼이나 광채 면에서 이 세계의 다이아몬드를 월등하게 능가했기 때문에) 다이아몬드 통에 화염석을 넣어 운반해 가서 적들의 배 바로 밑 또는 측면 가까이 가자마자 화염석을 꺼낸 다음 물에 적셔 배에 불을 지르게 되어 있었다. 이 계획은 순식간에 이루어져 적의 함대 전체가 타오르는 불길에 휩싸였고 불길이 화약이 있는 곳에 이르자 그대로 배를 폭파해서 적의 함대들은 잠깐 사이에 모두 파괴되고 말았다. 이를 본 동포들 전부가 황후는 자기들을 적들의 손에서 구해 주기 위해 하늘에서 보낸 천사라고 한목소리로 외쳤다. 황후 또한 그 세계의 나머지 지역이 모두 그 나라에 굴복하게 만들기 전까지는 불타는 세계에 돌아가려 하지 않았다.

　　그러는 동안 전 해군의 장군은 국왕에게 이 기적적인 구원과 승리 소식, 그리고 국왕을 그 세계 전체에서 가장 강력한 군주로 만들겠다는 황후의 계획을 알렸다. 얼마 뒤 황후가 직접 그 나라 국왕에게 전령을 보내 도움이 될 수 있는 방법을 물었다. 국왕은 적들과의 싸움에 도움을 준 것과 (여러 왕국의 왕이었기 때문에) 자신의 나라들에 이익이 되도록 더 도와주겠다는 제안에 모두 수많은 감사를 표한 뒤, 황후가 바다의 적들을 일부 무찌르기는 했지만 그들은 너무 막강해서 국왕의 영지에서 교역과 거래를 막고 있다고 전했다. 이에 황후는 국왕에게 공물을 바치지 않는 모든 배를 불태워 가라앉히겠다는 답을 보냈고, 조금이라도 해상 교역을 하는 모든 이웃 나라에 곧장 전령을 보내 자신이 태어난 그 나라의 국왕에게 공물을 바치라고 포고했다. 하지만 그들은 코웃음을 치며 이를 거부했다. 그래서 황후는 즉시 물고기인간에게 바다에서 교역을 하는 모든 외부인의 배를 파괴하라고 명했고, 그들은 황후의 명에 따랐다. 황후의 힘을 파악한 이웃 나라와 왕국 들은 업무를 처리하고 계획하는 데 너무나 불안을 느낀 나머지 어찌할 바를 몰랐다. 마침내 그들은 황후에게 사람을 보내 교섭을 하려고 했지만, 황후의 고국의 국왕에게 항복하고 공물을 바치라는 조건 외에는 아무것도 얻지 못했다. 그렇게 하지 않으면 황후는 그들의 배들을 불태워 모든 교역과 거래를 끝장낼 작정이었다. 교섭은 길었으나 결국 그들은 아무것도 얻지 못했고, 마침내 항복할 수밖에 없었다. 그리하여 전술한 나라들의 국왕은 바다의, 따라서 그 세계의 절대적인 지배자가 되었다. 지금까지 말했듯이 그 세계의 많은 나라가 육로뿐만 아니라 해상을 통한 교역과 상업 없이는 잘살 수가 없었기 때문이다.

하지만 시간이 조금 지나자 이웃 나라들은 예속이 너무 심해서 공물을 바치지 않고서는 자기 영토 밖을 슬쩍 내다보지도 못할 지경이라며 모두 힘을 합쳐 전술한 국가의 국왕에게 맞서기로 했다. 황후는 이 소식을 듣고 전에 했듯이 물고기인간을 보내 남은 해군 병력 모두를 쳐부수었고, 이내 그들은 다시 항복하지 않을 수 없는 처지가 되었다. 그 예외는 외국과 교역을 하지 않고도 살 수 있는 몇몇 나라와 오로지 육로로만 무

역과 거래를 하는 몇몇 나라로, 이들은 절대 상기한 국왕의 속
국이 되려 하지 않았다. 황후는 그들에게 항복하지 않으면 그
나라들의 모든 마을과 도시에 불을 질러 자신들이 순순히 굴
복하려 하지 않았던 나라에 강제로 항복하게 만들겠다는 전언
을 보냈다. 하지만 그들은 황후의 전언을 거부하고 비웃었고,
이에 크게 분노한 황후는 새와 벌레 인간들을 보내 (황후는 어
쩔 수 없이 해야 하는 것 이상의 파괴는 싫어했기 때문에) 작
은 마을들부터 불을 지르고, 그래도 여전히 완강히 결심을 꺾
지 않으면 큰 도시들도 파괴하겠다고 결심했다. 유일한 난제
는 벌레인간을 그곳들 가까이로 어떻게 옮기느냐는 것이었지
만, 그들은 황후에게 그 나라 땅 아무 데나 데려다주면 사람들
이 땅 위를 걷는 것처럼 쉽고 날렵하게 땅속으로 이동할 수 있
다고 했다. 황후는 그들의 청대로 했다.

　　하지만 새와 벌레 인간들이 떠나기 전 황후는 항복하지
않는 마을과 도시가 어디인지 곰인간들에게 망원경으로 보라
고 명했고 그에 관한 모든 정보를 얻은 다음 새와 벌레 인간들
에게 어느 마을들부터 시작할지 지시를 내렸다. 동시에 황후는
그 나라들의 군주와 지배자에게 전령을 보내 자신의 힘의 증거
를 보여 주겠다고 알렸다. 우선 조그만 마을 몇 개를 불태워 얼
마나 완강한지 볼 것이며, 만약 고집스러운 결심을 버리지 않
고 계속 버틴다면 작은 손실을 완전한 파멸로 바꾸어 주겠다고
했다. 또한 새인간들에게는 눈에 띄지 않도록 밤에 비행하라
고 명했다. 마침내 새와 벌레 인간들이 계획된 장소에 도착하
자, 비와 그 외 땅속 습기로 화염석들에 불이 붙지 않을 수 없
도록 벌레인간들은 모든 집의 토대 밑에, 새인간들은 집 꼭대
기에 화염석을 장치했다. 그동안 그곳 언어를 몇 마디 익힌 새

인간들은 다음에 비가 오면 마을이 온통 불타오를 거라고 말했
다. 사람들은 공중에서 사람들이 말하는 걸 듣고 깜짝 놀랐지
만, 물의 효과는 불을 끄는 것이지 불 지르는 것이 아님을 아는
지라 비가 마을을 태울 거라는 소리를 듣고 웃음을 터뜨렸다.

　　마침내 비가 내렸고, 그러자 갑자기 모든 집이 불길에 휩
싸였다. 비가 더 많이 내릴수록 집들은 더욱 불길을 뿜으며 타
올랐다. 이 사태를 본 이웃 도시와 나라, 왕국 들은 자기에게도
같은 일이 벌어질까 봐 경악과 공포에 휩싸였고, 그들과 그 세
계의 남은 모든 지역이 황후의 요구를 수락하고 황후의 고국의
군주이자 지배자인 영국 국왕에게 항복했다. 단 한 나라, 비가
거의, 혹은 전혀 오지 않고 이슬만 내려서 큰 불이 나면 곧 소
진되어 버리는 나라 하나만 황후의 힘을 무시했다. 나머지 나
라들뿐만 아니라 그 나라도 굴복시키고 싶었던 황후는 그 나라
에는 매해 밀물이 범람해 물이 공급된다는 것을 알고 있었다.
이는 몇 주 동안 지속되었고, 그곳의 집들은 땅바닥에서 높이
떨어져 있긴 했지만 땅속에 고정된 버팀대 위에 지어져 있었
다. 그래서 황후는 새와 벌레 인간들에게 그 버팀대 바닥에 화
염석을 갖다 두라고 명했다. 밀물이 들어오자 모든 집에 불이
났고 그 때문에 물이 증발되면서 밀물이 곧 수증기로 변해 공
기 중으로 날아갔다. 이로 인해 집들이 파괴되었을 뿐 아니라
그해 온 나라 땅이 황폐해지는 바람에 이들도 나머지 세상이
그랬듯이 항복할 수밖에 없었다.

　　그리하여 황후는 고국을 구했을 뿐 아니라 그 세계 전체
에 군림하는 절대군주국으로 만들었고, 황후의 힘과 아름다움
이 막강하기 이를 데 없는 군주 모두에게 황후를 보고자 하는
갈망을 불러일으켰다. 황후가 불타는 세계로 돌아가기로 결정

했다는 소식을 들은 군주들은 돌아가기 전 황후를 섬길 수 있는 은혜를 베풀어 달라고 다들 간청했다. 황후는 기꺼이 그들의 요구를 들어주겠지만 접대 장소가 달리 없으니 배를 타고 바다로 와서 커다란 원형 대열을 만들어 줄 것을 요망했다. 그런 다음 황후의 배들이 그들과 만나 원을 좁히면 자신을 만나러 온 사람 모두가 볼 수 있도록 나타나겠다고 했고, 이 대답을 기쁘게 받아들인 군주들은 각자 나라의 거리와 항해 기간에 따라 어떤 이들은 좀 더 빨리, 어떤 이들은 좀 더 늦게 도착했다. 전술한 형태와 방법으로 모두 모이자 황후가 황후복을 입고 수면 위에 나타났다. 황후는 얼굴 주위 머리카락을 성석으로 장식했는데, 그 때문에 얼굴에 얼마나 엄청난 광채와 영광이 더해졌는지 그 자리에 있던 사람들 모두 경탄을 금치 못하며 황후는 천상의 피조물, 아니, 아직 작위를 받지 못한 신일 거라고 믿었다. 모두들 황후를 신으로 모시고 싶어 했다. 어떤 인간도 그렇게 찬란하고 초월적으로 아름다울 수 없으며, 온 나라뿐만 아니라 온 세상까지 원하는 것은 무엇이든 파괴하고 물 위를 걷는 그런 막강한 힘을 가질 수 없다는 것이다.

황후는 그 자리에 온 나머지 군주들의 통역사 역할도 맡은 동포들에게 어둠이 가장 짙은 한밤중에 여흥거리를 보여 주겠다고 했다. 밤이 오자 화염석에 불이 밝혀졌고, 그러자 하늘과 바다가 모두 환한 빛을 내며 불타올랐다. 어찌나 환한지 관중들 모두 자신이 죽게 될 거라고 진심으로 믿고 극심한 공포에 빠졌다. 이를 본 황후는 화염석의 불을 모두 끄라고 하고 빛나는 의상들만 입고 모습을 드러냈고, 새인간들의 등에 타고 공중으로 날아가 하늘에서 태양처럼 찬란하게 빛났다. 그런 다음 황후가 다시 바다에 내려오자, 바다로부터 세상에서 가장 감미롭고 달콤한 합창이 들려왔다. 물고기인간들이 부르는 노래였다. 이 합창에 하늘의 새인간들이 또 다른 합창으로 화답하니, 노래로 이루어지는 연극 방식이나 노래 대화를 이용해서 바다와 하늘이 서로 말하고 대답하는 것 같았다.

하지만 동이 틀 때가 되자 황후는 여흥을 끝냈고, 해가 완전히 떠올랐을 때 모든 군주는 황후가 고국의 군주이자 제왕인 영국 국왕이 탄 배로 들어가는 것을 보았다. 황후는 영국 국왕과 몇 차례 회의를 하며 국왕이 필요로 할 때마다 기꺼이 도와주겠다고 보장하고 소식은 알려 줄 필요가 없다고 한 다음, 다시 바다로 나와 그곳에 자리한 배들이 만들고 있는 원형 대열 한가운데 서서 자신의 말을 들을 수 있도록 좀 더 가까이 오라고 했다. 배들이 다가오자 황후는 다음과 같이 입장을 표명했다.

위대하고 영웅적이며 이름난 제왕들이여, 나는 해협에 대한 세습적 권리와 특권을 강탈하려는 여러 나라로부터 부당한 공격을 받고 있는 영국 국왕의 싸움을 돕기 위해 이곳에 왔소. 그 부당한 공격에 하늘이 크게 노했고, 적들로부터 입은 피해에 대해 절대 권력으로 보상을 내렸소. 그래서 이제 국왕은 이 세계 전체의 최고 군주가 되었고, 제왕들은 그 권력이 부러워도 절대 방해할 수 없소. 국왕의 권력에 저항하려 하는 모든 자들은 애써 보았자 손해만 보게 될 것이며 승리로 이익을 얻지 못할 것이오. 그러니 평화롭고 행복하게 살고, 진실로 바라는데 하늘의 축복으로 보상받을 수 있도록 제왕들 모두 국왕에게 정당하게 진심으로 공물을 바치라고 충고하겠소.

이렇게 그 세계 각국의 군주들에게 연설을 마친 다음 황후
는 배들을 뒤로 물리라고 했다. 그렇게 하자 황후의 함대가 돛
이나 조수 같은 어떤 가시적인 도움도 없이 원 안으로 들어왔
고, 황후가 자기 배 안으로 들어가고 나서 전함대가 순식간에
바다 밑바닥으로 가라앉아 지켜보고 있던 모든 사람을 대경실
색하게 했다. 황후는 불타는 세계 안으로 들어올 때까지 함대
가운데 단 한 척의 배도 수면 위로 올라오지 못하게 했다.

항해 기간 동안 황후와 공작 부인의 영혼은 몹시 유쾌하
고 즐겁게 지냈고 때로는 함께 매우 진지한 대화를 나누었다.
그 대화 중 공작 부인은 한 가지 점에 굉장히 놀랐다고 말했다.
즉, 불타는 세계에서 나와 떠나온 세계로 가는 통로를 발견한
뒤, 전 세계를 부유하게 만들기에 충분한 재력이 있는데도 황
후는 태어난 곳을, 적어도 자신의 가족이라도 부유하게 만들지
않았다는 점이다. 황후의 영혼은 자신도 고국과 가족을 어느
누구 못지않게 사랑하지만 이런 이유로 재물을 주지는 않을 거
라고 했다. 개별 가족이나 나라들뿐만 아니라 세상 전체의 본
성이 황금과 엄청난 재물이 있으면 제정신을 잃고 그 때문에
서로를 죽이려 기를 쓰는 지경까지 가서라고 했다. 그것은 황
금이나 재물이 너무 없어서입니다. 그래서 그걸 가지려고 그렇
게 안달을 하는 것이지요, 공작 부인이 말했다. 그렇지 않아요,
황후의 영혼이 말했다. 사람들의 욕심은 제일 부유한 세상의
재물을 모두 준다 해도 만족하지 못하고, 재물이 많을수록 더
탐욕스러워지지요. 욕심은 무한하거든요. 하지만 불타는 세계
에서 그대의 고향으로 가는 통로가 발견되면 좋겠군요. 그렇다
면 그대가 원하는 만큼 기꺼이 재물을 줄 텐데, 황후가 말했다.
공작 부인의 영혼은 폐하의 크나큰 호의에 공손히 감사를 표하

고, 자신은 욕심이 없으며 내란 전에 남편이 가졌던 재산 이상
은 바라지도 않는다고 말했다. 그 또한 저 자신을 위해서가 아
니라 남편의 후손을 위해서 바라는 것입니다, 공작 부인이 말
했다. 물고기인간들에게 온갖 기술과 노력을 다해 그대의 남
편이 있는 세상으로 가는 통로를 찾아내라고 명하지요, 황후가
말했다. 그 세상으로 가는 통로는 절대 없을 거예요, 공작 부인
이 말했다. 하지만 혹여 그런 통로가 있다 해도 저는 폐하께 황
금이나 재물이 아니라 사금들 사이에서 자라는 불로장생약만
을 청하겠습니다. 목숨과 건강을 지키기 위해서요. 하지만 통
로 없이는 그것도 조금도 가지고 나올 수 없겠죠. 어떤 물질도
영혼이나 영 같은 비물질적 존재들처럼 이동할 수 없으니까요.
영혼은 불변의 존재이니 자기를 소생시키거나 생명을 연장시
켜 주는 그런 것들이 필요하지도 않고요. 영혼이 육신과 같다
면, 제 영혼도 폐하의 불타는 세계에서 자라는 자연의 불로장
생약의 혜택을 받았을지 모르지요. 진심으로 통로가 발견되면
좋겠어요, 황후가 말했다. 그렇다면 그대의 남편도, 그대도 재
물이나 수명이 모자라는 일이 없을 테고, 그뿐만 아니라 내 그
대를 몹시 사랑하니 불타는 세계의 나처럼 강력한 여왕으로 만
들어 줄 수도 있을 테니까요. 공작 부인의 영혼은 황후에게 공
손하게 감사드리고 자연에 존재하는 모든 것보다 황후의 사랑
을 더 높이 인정하고 존경한다고 말했다.

　　이 대화 뒤에도 많은 대화를 나누었지만, 이야기의 간결성
을 위해 자세히 열거하지 않겠다. 황후의 영혼은 공작 부인에
게 여러 질문을 하고 마지막으로, 공작 부인은 육신과 결합해
있을 때면 옷과 행동, 담화에서 왜 그렇게 두드러지는 것을 좋
아하냐고 물었다. 공작 부인의 영혼은 자기도 평범하고 통상적

이지 않으며 과한 것을 인정하지만 자신은 야심이 커서 가능하
다면 어떤 점에서든 다른 사람들과 비슷하고 싶지 않다고 대답
했다. 저는 최대한 독자적으로 다르고 싶어요. 다른 사람들을
따라 하는 것은 하잘것없는 사람에 불과하다는 것을 보여 주니
까요. 또 전 피할 수만 있다면 모방되고 싶지 않지만, 다른 사
람들을 따라 하느니 차라리 다른 사람들이 저를 모방하는 편을
택하겠어요. 제 천성이 그런 고로, 유행을 따라 멋지게 보이기
보다는 보기에는 더 못하더라도 특이한 쪽이 더 좋거든요. 그
대가 지체 높은 귀족이 아니라면 세상에서 절대 현명한 여인으
로 생각해 주지 않을 겁니다, 황후가 말했다. 세상은 그대의 개
성을 허영이라 할 거예요. 공작 부인의 영혼은 허영에 대해서
는 이 시대의 비난이건 다른 어느 시대의 비난이건 자신은 조
금도 아랑곳하지 않는다고 답했다. 하지만 지금 시대건 미래의
어느 시대건 제가 고결하고 정숙하지 않다는 소리는 절대 하지
못할 거예요. 저를 알았거나 알고 있는 사람들, 그리고 제가 데
리고 있었던 하인들 모두가 제 행동은 정숙 그 자체였다고 맹
세코 증언할 거라고 자신하니까요. 아무리 천한 계급 사람이어
도 염탐꾼과 목격자가 없는 사람이란 없고, 하물며 수행원 없
이 다니는 일이 거의 혹은 절대 없는 귀족들은 더해서, (혹여
허물이 있다면) 그 사람들 허물은 쉽게 알려지고 그만큼 쉽게
공표되기 마련이죠. 그러니 정직하고 고결하고 고상한 사람들
은 행복한 겁니다. 자기 자신에게 행복한 일일 뿐 아니라 가족
에게도 행복한 일이죠. 하지만 그대는 정직과 덕을 그렇게 자
랑으로 여기면서 어째서 글에서는 부정직하고 사악한 사람들
을 변호하는 거죠? 황후가 물었다. 공작 부인은 그건 자신의
재치를 보여 주기 위한 것일 뿐, 본성을 보여 주는 것은 아니라
고 했다.

마침내 황후는 불타는 세계에 도착해 황궁을 향해 가고 있었으니, 독자 여러분은 황후가 무사히 돌아와서 황제가 느끼는 기쁨을 내가 묘사할 거라고 즉시 생각했을 것이다. 황제는 황후를 자신의 영혼보다 더 사랑했기 때문이다. 그 사랑은 헛되지 않아서, 황후 또한 그에 못지않은 사랑으로 황제의 애정에 필적했다. 서로 기쁨을 함께한 뒤, 공작 부인의 영혼은 남편에게 돌아가겠다고 허락을 구했다. 하지만 황제가 공작 부인에게 황후가 없는 동안 자기가 어떻게 시간을 보냈는지 떠나기 전 봐 달라고 했다. 황제는 마구간과 승마장을 지었고 뉴캐슬 공작이 가지고 있다고 황후가 이야기해 준 그런 훈련된 말들을 가지고 싶어 했다. 황제는 공작 부인에게 공작의 마구간과 승마장의 형태와 구조에 대해 물었다. 공작 부인은 황제에게 그 건물들은 수수하고 평범할 뿐이라고 대답했다. 하지만 제 남편에게 재력이 있다면 분명 돈을 아끼지 않고 할 수 있는 한 장대하게 지었을 겁니다, 공작 부인이 말했다. 이에 황제가 공작 부인에게 자신이 지은 마구간들을 보여 주었는데 엄청나게 장중하고 장엄했다. 그중 2열로 된 마구간이 하나 있었는데 한쪽에만 말 200마리가 들어갔다. 황금으로 지어진 본관은 여러 가지 진귀한 재료의 선으로 구획이 나누어져 있고, 지붕은 마노로 만들어진 아치였고, 벽 가장자리에는 홍옥수가 일렬로 박혀 있고, 바닥은 호박으로 덮여 있었다. 여물통은 진주, 중앙 통로, 즉 마구간 보행로는 수정, 전면과 문은 아주 깔끔하게 자르고 조각한 터키석이었다. 승마장의 선은 사파이어와 황옥 등으로 그어져 있고, 아주 미세한 체로 친 사금을 온통 깐 바닥은 몹시 부드러워서 말들의 발에 어떤 고통도 주지 않았다. 문과 정면 장식은 기묘하게 조각한 에메랄드로 만들어져 있었다.

이 화려하고 장엄한 건물들을 아주 즐겁게 구경한 다음, 공작 부인의 영혼은 작별 인사를 하려고 결심했지만 황제는 조금만 더 머물러 달라고 했다. 두 사람 모두 공작 부인과 같이 있는 것을 너무 좋아해서 부인을 그렇게 빨리 보내고 싶어 하지 않았다. 여러 가지 논의와 이야기가 오가던 중 황제는 연극용 극장을 만드는 방법을 조언해 달라고 했다. 공작 부인은 극장이나 무대 장치 만드는 일은 전혀 모른다며 이 분야에는 무지하다고 황제에게 고백했고, 황후의 영혼과 함께 영국 최고의 도시에서 한 극장에 들어갔을 때 비물질적으로 관찰한 점들이라면 황후가 자기만큼 잘 이야기해 줄 수 있을 거라고 대답했다. 하지만 황제와 황후 모두 공작 부인이 희곡을 어떻게 쓰는지 알려 줄 수 있을 거라고 말했다. 공작 부인은 유행하는 식으로 희곡을 쓰는 기술은 연극 무대 장치를 그리거나 만드는 기술만큼 없다고 대답했다. 하지만 희곡들을 썼잖아요, 황후가 대답했다. 네, 공작 부인이 대답했다. 저는 연극용으로 썼지만 요즘 시대의 재사들은 그런 희곡은 상연이나 연기할 수 없다고 비난하더군요. 예술의 법칙에 따라 만들어지지 않았다면서요. 하지만 감히 말씀드리지만 그 묘사들은 그 사람들이 쓴 어느 작품 못지않게 훌륭했어요. 황후는 희곡의 특징이 인간의 여러 가지 기질과 행동, 운명을 묘사하는 것 아니냐고 물었다. 그렇지요, 공작 부인이 대답했다. 아니, 그런데 인간의 타고난 기질과 행동, 운명은 예술의 법칙에 따라 이루어지는 게 아니잖아요, 황후가 대답했다. 하지만 우리 재사들의 기교와 방법은 그런 인공적 법칙 밖에 있는 재치와 기질, 행동, 운명 묘사를 모두 경멸한답니다, 공작 부인이 말했다. 황후가 물었다. 그렇게 방법론적이고 인공적으로 쓰인 희곡들은 훌륭한가요? 공작 부

인은 시대의 판단이나 나라의 유행에 따르면 훌륭하지만 자신
의 판단으로는 그렇지 않다고 대답했다. 정말이지, 제가 보기
에 그 희곡들은 징징대는 연인의 육아실이지 현명하고 재치 있
고 고결하고 예의 바른 사람들을 위한 학원이나 학교가 아니
라는 게 증명될 거예요. 하지만 난 현명한 사람들을 만들어 낼
수 있고 인공적이지 않고 자연스러운 묘사들이 있는 그런 연극
을 원해요, 황후가 대답했다. 폐하의 의견이 그러시다면 불타
는 세계에서 제 희곡들을 상연할 수도 있겠군요, 공작 부인의
영혼이 말했다. 재치가 명멸하는 세계에서는 상연할 수 없지만
요. 다음번 방문할 때 폐하의 극장에서 제 재치가 만들어 낼 수
있는 희곡을 올리도록 노력하지요. 그러자 황후는 자기는 지혜
로운 희곡에 바보 같은 익살극이 더해진 것을 좋아한다고 공작
부인에게 말했다. 공작 부인은 자연 세상 중 불타는 세계보다
그에 더 잘 맞는 생물들이 있는 곳은 없다고 대답했다. 이인간
과 새인간, 거미인간, 여우인간, 원숭이인간, 사티로스 들이 익
살극에서 대단히 재미있게 보일 거라고 했다.

　　그런 점에서 황제와 황후는 자신들은 오로지 그런 여흥거
리를 원한다며, 극장을 만들고 그들에게 맞는 연극과 익살극
들을 쓸 때까지 함께 있어 달라고 공작 부인의 영혼에게 간청
했다. 하지만 공작 부인의 영혼은 얼마 뒤 다시 돌아오겠다고
약속하며 남편과 함께 있고 싶으니 고향 세상으로 돌아가는 것
을 허락해 달라고 폐하들에게 청했다. 아주 어렵게 허락이 내
려졌고, 공작 부인은 몹시 공손하고 정중하게 작별 인사를 하
고 폐하들에게서 떠나갔다.

　　자신의 몸 안으로 돌아온 뒤 공작 부인은 (남편이 그런 이
야기들을 듣고 싶어 할 때면) 이국의 이야기로 남편을 즐겁게

해 주었는데, 공작은 황후의 친절한 찬사와 부인이 황제에게
즐겁게 들려준 자신의 특징들에 대한 이야기에 절대 질리는 일
이 없었다. 다른 이야기들 중 부인은 자신이 황후와 함께 갔던
그 세계의 여러 군주와 황후 사이에 있었던 일, 그리고 황후가
그들을 어떻게 굴복시켜 자신이 태어나고 교육받은 왕국의 군
주에게 공물과 충성을 바치게 했는지에 대해 모두 들려주었다.
또한 황제가 지은 마구간과 승마장이 얼마나 장엄한지, 불타는
세계에 있는 말들이 얼마나 근사한지, 말들이 생김새와 크기가
다양하면서도 각각의 종류 안에서는 얼마나 정확히 똑같은 생
김새를 하고 있는지, 그 다양한 색깔과 비단보다 훨씬 더 매끄
럽고 윤기 흐르는 털과 가죽, 그림으로 그린 듯이 근사한 반점
에 대해서도 이야기했다. 불타는 세계에서 이곳으로 오는 통로
만 있다면 그런 말을 가질 수 있을 뿐 아니라 황제의 재료들로
마구간과 승마장도 지을 수 있을 거예요. 게다가 황금이 넘쳐
나서 당신의 후하고 멋진 선물에 불평하는 일 또한 절대 없겠
죠. 공작은 미소 지으며 말했다. 그 두 세계 사이에 통로가 없
다니 유감이지만, 커다란 행운과 나 사이에는 늘 장애물이 있
었죠.

　하루는 공작 부인이 지인들과 불타는 세계의 황후 이야
기를 하고 있는데, 그들이 폐하는 어떤 소일거리와 오락을 가
장 즐기느냐고 물었다. 공작 부인은 황후는 대부분의 시간을
가장 큰 즐거움이자 소일거리인 자연의 인과를 공부하며 보내
며, 때로는 그 세계 최고의 학자들과 대화를 즐긴다고 대답했
다. 또 황제와 모두 왕족 출신인 귀족들을 즐겁게 해 주기 위
해서 가끔 외출해 하늘을 나는데, 낮에 나가는 일은 거의 없으
며 늘 밤에 나간다고 했다. 수많은 불타는 별로 낮처럼 환한 그

것을 밤이라고 부를 수 있다면 말이다. 별빛은 휘황찬란하지만 다만 태양빛보다는 흰색이고, 태양빛이 뜨겁듯이 별빛은 차갑지만 우리 세계의 반짝거리는 별빛처럼 차지 않으며 그 태양빛도 우리 태양빛처럼 뜨겁지 않고 더 온화하다. 불타는 세계에서 황후가 살고 있는 지역은 늘 맑아서 어떤 폭풍우나 태풍, 안개, 연무도 절대 일어나는 법이 없고 다만 땅을 비옥하게 하는 상쾌한 이슬만 내린다. 공기는 달콤하고 온화하며, 앞서 말했듯이 태양이 있을 때와 마찬가지로 태양이 없을 때도 아주 환해서 그곳에서는 우리가 밤이라 부르는 시간이 낮보다 더 쾌적하다. 황후는 가끔은 장식 배를 타고 뱃길로, 가끔은 말을, 가끔은 마차를 타고 육로로 외출하는데, 황실 마차는 아주 화려해서 차체는 통째로 하나의 초록색 다이아몬드로, 지붕 덮개를 받치고 있는 네 개의 조그만 기둥은 기둥 모양으로 자른 네 개의 백색 다이아몬드로, 마차 뚜껑 또는 지붕은 통째로 하나의 푸른 다이아몬드로 만들어졌고, 네 모서리에는 루비로 만든 용수철들이 달렸고, 좌석은 두드려 조그맣게 만든 용연향으로 채운 황금 천으로 만들어졌다. 마차는 열두 마리의 유니콘이 끄는데, 그 장식용 마구(馬具)는 모두 진주 사슬이다. 황후의 장식 배는 황금으로만 만들어졌다. 황후의 의장대는 (반역자나 적들이 없어서 호위대는 필요 없다) 거인들로 꾸려져 있는데, 엄청난 키와 몸집이 조망을 가리기 때문에 폐하들을 수행해 외출하는 일은 거의 없다. 물에 있을 때 황후의 여흥거리는 물고기와 새 인간들의 음악이고, 육지에서는 경마와 달리기 시합이다. 황후는 황제와 귀족들과 경주 시합을 즐긴다. 거미인간 대 이인간의 경주들도 있고, 여우인간 대 원숭이인간의 경주들도 있는데, 때로는 사티로스가 이들을 앞지르려 애쓴다. 각종 새인간과 각종 파리인간 사이에서 벌어지는 비행 시합, 각종 물고기인간 사이에서 벌어지는 수영 시합도 있다. 황제와 황후, 귀족들은 간식도 매우 즐겨 먹는다. 불타는 세계에는 온갖 종류의 아주 맛있는 과일과 이 세계에서는 본 적도, 먹어 본 적도 없는 과일, 아주 입맛 당기는 과일이 있기 때문이다. 간식을 다 먹고 나면 춤을 춘다. 물 위에 있으면 물 위에서 춤을 추는데, 수많은 물고기인간이 빽빽하게 모여 누워 있어서 그 등 위에서 아주 원활하고 쉽게 춤출 수 있고 물에 빠질 걱정도 할 필요가 없다. 음악은 노래와 연주 모두 장소에 따라 다르다. 물 위에서의 음악은 물을 채워 인위적으로 움직이는 조개껍질 같은 수중 악기가 만들어 내는 달콤하고 듣기 좋은 화음이다. 물 위에서 추는 춤은 이 세계에서 수영 춤이라 부르는, 발을 높이 들어 올리지 않는 춤과 대부분 비슷하다. 평원에서는 관악기가 있는데 우리 세계의 관악기보다 훨씬 훌륭하다. 숲에서 춤을 출 때는 뿔피리가 있다. 이것은 일종의 관악기이기는 하지만 앞의 관악기들과 방식이 다르다. 집에는 우리의 비올라나 바이올린, 테오르보,* 류트, 시턴,** 기타, 하프시코드 비슷한 악기들이 있으나, 우리 악기들보다 훨씬 뛰어나서 그 차이를 잘 설명하기 힘들다. 또 춤추는 장소와 음악이 다르듯이 춤추는 방식도 다르다. 황제와 황후, 귀족들은 이런 것들과 이 비슷한 여흥을 즐기며 시간을 보낸다.

---

\* 줄감개집이 두 개 있는 류트로 주로 17세기에 사용하던 현악기.
\*\* 기타와 비슷한 16-17세기 현악기.

# 독자에게 드리는 맺음말

이 시적 묘사를 통해 여러분은 내 야심이 황후가 되는 것뿐만 아니라 한 세계 전체의 창조자가 되는 것임을 알았을 것이다. 이 묘사의 첫 번째 부분에서 언급된 내가 만든 세상들, 즉 불타는 세계와 철학적 세계는 모두 물질의 가장 순수한, 다시 말해 합리적 부분들인 내 정신의 일부분으로 고안되고 이루어졌다. 그 창조는 두 이름난 제왕 알렉산드로스와 카이사르의 정복보다 더 쉽고 갑자기 이루어졌다. 나는 그 두 사람처럼 엄청난 혼란을 일으키지도, 그렇게 많은 개인을 소멸시키지도, 다시 말해 죽이지도 않았다. 고작 작은 배에 탄 사람 몇 명만 죽였을 뿐이고, 그 사람들은 극심한 추위로, 게다가 정의의 신의 손에 죽었으며, 그건 젊고 아름다운 귀족 여인을 납치한 죄를 단죄하기 위해 필요한 일이었다. 그 세계들을 만들어 가며 나는 알렉산드로스나 카이사르가 이 지상 세계를 정복하며 느꼈던 것보다 더 많은 기쁨과 즐거움을 누렸다. 나는 내 불타는 세계에 오직 하나의 종교, 하나의 언어, 하나의 통치체만을 허락해 평화로운 세상으로 만들었지만, 이 세계가 평화롭고 고요한 만큼 파벌과 분열, 전쟁으로 가득 찬 또 다른 세상도 만들 수 있다. 내 마음의 합리적 인물들은 헥토르와 아킬레우스처럼 커다란 싸움의 용기를 보여 주고, 네스토르*처럼 현명하며, 오디세우스처럼 능변이고, 헬레네처럼 아름다울 수도 있다. 하

139

지만 전쟁보다 평화, 교활함보다는 재치, 미모보다는 정직을 더 존중하는 나는 알렉산드로스와 카이사르, 헥토르, 아킬레우스, 네스토르, 오디세우스, 헬레네 같은 인물들 대신 마거릿 뉴캐슬이라는 인물을 택했고, 이를 이제는 이 지상 세계 전체를 준다고 해도 바꾸지 않을 것이다. 혹여 내가 만든 세상이 마음에 들어서 나의 신하가 되고 싶은 사람이 있다면 그렇게 상상해도 좋다. 그러면 그런 것이다. 그러니까, 그 사람들 마음이나 공상, 상상 속에서는 말이다. 하지만 신하가 되는 것을 견딜 수 없는 사람들이라면 자기만의 세상을 창조해서 자기 마음대로 다스리면 된다. 그러나 부당한 찬탈자가 되지 않으려면, 그리고 내 것을 빼앗지 않으려면 조심해야 한다. 철학적 세계의 경우 나 자신이 그곳의 황후이며, 불타는 세계라면 이미 대단한 지혜와 지도력으로 그곳을 다스리고 있는 황후가 있고 그 황후는 내 소중한 플라토닉 친구이기 때문이다. 내가 친구의 통치체를 어지럽히거나, 하물며 다른 누군가를 위해 친구를 왕좌에서 끌어내릴 정도로 그녀에게 부정하고 불충하고 비열한 사람이 되는 일은 절대 없을 것이며, 그러느니 차라리 다른 친구를 위해 또 다른 세상을 만들기를 택하겠다.

* 트로이아 전쟁 때 그리스군의 노장.

# 경계를 넘는 글쓰기

『자기만의 방 *A Room of One's Own* 』에서 버지니아 울프는 글 쓰는 여성이 맞서야 하는 난관에 대해 이야기하며 셰익스피어에게 그 못지않은 머리와 글재주를 가진 여동생이 있었다면 여성에게 재능을 키우고 펼칠 기회를 주지 않는 억압적인 시대와 싸우며 좌절을 거듭하다 결국 비참한 죽음을 맞았을 것이라는 씁쓸한 상상을 편다. 셰익스피어가 사망한 지 7년 뒤인 1623년에 태어난 마거릿 캐번디시의 시대는 드디어 자신이 쓴 글로 당대에 알려지거나 후세에 이름을 남긴 여성 작가들이 조금씩 등장하기 시작한 때였지만, 남성 중심의 사회에서 글 쓰는 여성이 겪어야 하는 난관은 본질적으로 다르지 않았다.

마거릿 캐번디시는 글 쓰는 여성이 드물었던 17세기에 처음으로 의식적으로 스스로를 작가로 정의하고 자신의 이름을 내걸어 책을 출판했으며 적극적으로 문학적 명성을 추구했다는 점에서 그 시대의 여성 작가들 중에서도 남다른 인물이었다. 그녀는 1653년에 첫 번째 저서 『시와 공상 *Poems and Fancies* 』을 내놓은 이후 약 20년 동안 전기, 자서전, 산문, 희곡, 소설, 시, 서간집 등 온갖 장르를 아우르는 13권(개정판을 포함하면 23권)의 저서를 출간한 다작 작가였고, 1667년 왕립학회 회합에 참석해 과학 실험을 지켜본 최초의 여성이었다. (왕립학회가 여성 회원을 처음으로 받아들인 것은 1945년이다.) 이것만

으로도 당대 사회에서 이미 너무나 '튀는' 존재였을 그녀는 근
사한 이절판과 사절판 장정본 들을 영국은 물론 유럽의 대학
도서관에 증정하며 야심 차게 명성을 추구했고, 서른세 살의
나이에 자서전을 쓰는가 하면, 남자 옷을 입는 등 남들과 다른
과감한 옷차림을 하고 기이한 사교 매너 등 연극적이고 자기과
시적인 행동으로 '매드 매지(Mad Madge: 미친 마거릿)'라는
별명이 붙을 정도로 사람들의 입에 오르내렸다. 관습에서 벗어
난 행동으로 세간의 화제가 되었던 공작 부인이 결코 유려하다
거나 학술적이라고 할 수 없는 문체로 남성 철학자들의 영역으
로 간주되던 자연철학(오늘날의 자연과학의 전신을 지칭하는
용어)을 논한 글들이 당대 철학자들 사이에서 진지한 토론과
관심의 대상이 되지 못했던 것은 당시 시대적 분위기를 생각할
때 충분히 짐작할 법한 일이다. 하지만 마거릿 캐번디시는 근
대 과학이 태동하고 있던 17세기 중반 자연철학 논쟁에 뛰어
들어 산문뿐만 아니라 시, 로맨스, 판타지 등 다양한 문학적 장
르를 통해 자기의 사상을 펼쳐 나간, 여러모로 전복적이고 개
성적인 작가이자 철학자였다. 『불타는 세계』는 젠더화된 담론
의 경계를 넘고 장르의 경계를 허물며 17세기 자연철학에 대
한 자신의 비판과 사상을 개진한 마거릿 캐번디시의 독특한 저
작이다.

　　훗날 왕당파의 핵심 인물 윌리엄 캐번디시와의 결혼으로
뉴캐슬 공작 부인 마거릿 캐번디시로 알려지게 된 마거릿 루커
스는 1623년 영국 에식스 콜체스터의 부유한 왕당파 집안에서
8형제 중 막내로 태어났다. 두 살 때 아버지가 사망했지만 집
안을 잘 이끌어 나간 강인한 어머니 밑에서 별다른 경제적 어
려움 없이 쓰기와 읽기, 음악, 춤 등 기본 소양을 교육받고 자

란 마거릿의 인생은 영국혁명의 회오리바람에 휩쓸리면서 큰
변화를 겪는다. 1642년 마거릿 캐번디시의 오빠 존 루커스가
왕당파의 무기를 숨기고 있다고 생각한 의회파 군이 루커스가
를 습격해 약탈을 저지르자 집안사람들은 찰스 1세의 왕비 앙
리에타 마리가 있던 옥스퍼드로 피하고 캐번디시는 왕비를 수
행하는 여관이 되기로 결심한다. 1644년 왕비가 의회파에 쫓
겨 파리로 몸을 피하면서 캐번디시 또한 파리로 이주한다. 이
후 17년 동안 이어지는 추방 생활의 시작이었다.

    자서전에 따르면 "고통스러울 정도로 숫기가 없어서" 궁
정 생활에 어려움을 겪고 있던 마거릿 캐번디시는 북부에서 왕
당파 군을 이끌다 마스턴 무어 전투에서 패배하고 파리에 온
윌리엄 캐번디시 후작과 사랑에 빠지고, 아내와 사별하고 홀몸
이었던 후작의 두 번째 부인이 된다. 서른 살의 나이 차에도 불
구하고 두 사람은 서로를 지지하고 존중하는 진정한 동반자가
되어 마거릿 캐번디시가 먼저 사망하는 날까지 행복한 결혼 생
활을 했다. 캐번디시 후작은 당대 뛰어난 학자였던 동생 찰스
캐번디시를 비롯해 토머스 홉스, 월터 찰턴, 케넬름 딕비, 르네
데카르트, 피에르 가상디 등을 포함하는 지성인들의 모임인 소
위 뉴캐슬 서클의 중심인물이었고, 마거릿 캐번디시는 이 모임
을 통해 당대 유럽 최고의 지성들을 만나고 그들의 사상을 접
하며 자연철학에 관심을 가지게 된다. 후작은 첫 번째 결혼에
서 다섯 명의 자식을 뒀지만 마거릿 캐번디시와의 사이에는 아
이가 없었고, 그녀는 아이를 낳고 돌보는 삶 대신 평생 공부와
글쓰기에 매진했다. 그리고 그 뒤에는 아내의 지적 욕구와 저
작 활동을 격려하고 물적, 심적으로 지원해 준 남편 윌리엄 캐
번디시가 있었다.

캐번디시 공작 부인이라는 명칭으로 인해 그녀의 저작
들이 부유하고 높은 귀족의 시간적, 재정적 여유에서 나왔다
는 인상을 주기도 하지만, 그녀가 공작 부인으로 산 것은 생애
의 마지막 8년에 불과하다. 마거릿 캐번디시 저작의 반은 찰스
1세가 처형당하고 윌리엄 캐번디시가 추방령과 함께 국내 재
산을 몰수당한 뒤, 겉으로 보인 모습이야 어떠했건 간에 이곳
저곳에서 빚을 끌어와 생활을 지탱했던 기약 없는 추방 생활
중에 나왔다. 1660년 왕정복고와 함께 런던으로 귀환했을 때
그녀는 여성으로서 전례 없는 출간 이력으로 이미 유명 인사가
되어 있었다. 하지만 찰스 2세가 왕위에 올랐으니 잃어버린 재
산과 궁정에서의 권력을 다시 찾을 수 있으리라 기대한 캐번
디시 후작의 희망은 이루어지지 않았다. (『불타는 세계』와 그
외 여러 작품 속에서 거듭 언급하고 있듯이) 그가 군주제의 대
의를 위해 바친 비용과 혁명 중 몰수당한 재산은 끝내 완전히
는 보상받지 못했다. 일흔을 바라보는 노령에도 불구하고 찰스
2세의 최측근이 되리라 기대했던 캐번디시 후작은 뜻을 이루
지 못한 채 웰백으로 낙향했고 5년 뒤 공작 작위를 하사받는다.
캐번디시 후작은 낙향에 실망한 반면, 혁명 이전의 세상과 달
라진 런던에 이미 실망하고 있었던 마거릿 캐번디시는 이를 반
겼고, 이후 가끔 (화제의 공작 부인을 구경하려는 군중에 휩싸
인 채) 런던을 방문할 때를 제외하면 웰백에서의 삶을 즐겼다.

　　마거릿 캐번디시는 여성이 글을 쓰고 책을 낼 때 사회에
서 받을 시선을 잘 인지하고 있었다. 작가란 늘 자연히 남성과
연결되는 개념이었고, 더구나 캐번디시의 관심사인 과학철학
은 여성이 논할 영역이 아니었다. 여성들이 비난받지 않고 다
룰 수 있는 주제는 종교적 믿음이나 사랑, 윤리 같은 소위 '여

성적'인 주제였다. 여성들 간의 우정을 그린 시를 주로 썼던 동시대 여성 작가 캐서린 필립스가 조용히 전원생활을 즐기는 정숙한 이미지로 당대의 칭송을 받은 반면, 런던 극장가에서 큰 성공을 거두었던 애프라 벤에게는 대중 앞에 나서서 글을 팔아 돈을 버는 것은 매춘과 다름없다는 비판이 쏟아졌다는 사실은 여성의 글과 여성의 몸을 구분하지 않고 '정숙'이라는 하나의 잣대로 억압하는 당대의 가부장적 시각을 잘 보여 준다. 공작 부인이라고 다르지 않았다. 당대의 시대상을 엿볼 수 있는 귀중한 자료인 새뮤얼 피프스와 존 에블린의 일기에 담긴 뉴캐슬 공작 부인에 대한 비슷비슷한 코멘트, 즉 "제정신이 아니고 젠체하는 터무니없는 여자"라거나 "학문, 시, 철학에 대해 엄청나게 아는 척"한다는 평은 마거릿을 바라보는 당대인의 시각을 함축적으로 드러낸다.

　　글을 통해 명성을 얻고 싶은 욕망이 큰 만큼 자신의 글을 향할 비판과 비난을 우려했던 캐번디시는『불타는 세계』를 비롯한 여러 책들에 다양한 가상의 독자들에게 보내는 편지 형식의 서문을 붙여 자신의 글쓰기를 변명하고 설명하고 옹호했다. 이 서문들에서 그녀는 때로는 사회에서 기대할 겸손하고 자기비판적인 목소리로 이 글은 주관적인 글에 불과하니 마음에 들지 않는 부분이 있다면 넘기고 읽으라고 부탁하고, 배움이 모자라 과학 용어나 과거의 학자들에 대해서는 잘 모른다고 변명을 하기도 하며, 때로는 전통적으로 여성의 '일'로 규정되어 온 바느질이나 물레질만큼이나 글쓰기도 여성들이 창의적 재능을 펼칠 수 있는 통로가 되어야 한다는 뜻을 넌지시 피력하는가 하면, 여성들도 남성들처럼 이성적이고 합리적인 영혼이 있으며 차이라면 오로지 교육 기회가 주어지지 않는 것뿐이라는 주

장을 강하게 펼치기도 한다. 다양한 어조와 주장에도 불구하고
본문에 앞서는 이 서문들은 모두 자신의 사상을 개진하기 전에
먼저 '여성'이 글을 쓴다는 것을 변명하고 정당화하지 않을 수
없는 사회 분위기를 반영한다.

캐번디시가 자연철학 논쟁에 뛰어들었던 17세기 중반은
1660년 왕립학회의 설립과 함께 근대 과학의 방법론이 정립되
면서 신과학과 구과학이 분리되기 시작한 과학혁명의 시기였
다. 물론 당시의 자연철학은 현대과학과는 달리 신학과 철학,
심지어 점성술이나 연금술 같은 유사 과학과 분리되지 않은 포
괄적 개념이었지만, 경험주의 과학의 득세와 함께 과학 실험의
중요성이 강조되면서 구과학은 픽션과 본질적으로 다를 바 없
다는 비판을 받았고, 구과학의 대표자인 아리스토텔레스의 연
역법 대신 베이컨의 귀납법이 자연철학에 접근하는 새로운 방
법론으로 부각되고 있었다. 자연철학은 원래부터 남성들의 영
역이었지만, 이제는 자연철학 자체가 남성으로 의인화되며 영
역의 젠더화는 더욱 공고해졌다. 토머스 스프랫의 『왕립학회
의 역사 *History of the Royal Society*』(1667)의 서문을 여는 헌정 시
에서 에이브러햄 카울리는 왕립학회가 표상하는 근대과학의
미덕을 다음과 같이 찬양한다.

> 철학을 나는 그라고 부르겠네.
> 화가들이 어떤 식으로 상상하건
> 내게는 남성의 덕목으로 보이니까.

여성 철학자로서 캐번디시는 자연철학계에서 벌어지는 이
러한 변화의 방향을 놓치지 않았다. 『왕립학회의 역사』가 나오

기 일 년 전 『불타는 세계』와 짝으로 내놓은 『실험과학에 관한
논평 *Observations upon Experimental Philosophy* 』 서문에서 캐번디시는
과거에는 뮤즈와 과학이 모두 여성으로 그려졌고 더 존경받았
지만 지금은 모두 남성으로 바뀌어야 할 상황이 되었다고 개탄
하면서, 남성들의 거대한 자부심과 여성에 대한 경시를 비판한
다. 실제로 과학혁명 시기는 과학이 여성을 포함한 일반 대중
으로부터 유리되기 시작한 시점이었고, 캐번디시는 일반 대중
이 이해할 수 없는 어려운 용어―『불타는 세계』에도 과학자들
이 누구도 알아듣지 못할 뿐만 아니라 자기들도 무슨 소리인지
모르는 '블라스'라는 용어를 사용하는 우스꽝스러운 장면이 등
장한다―로 글을 쓰는 철학자들을 비판하며 교육 수준에 상관
없이 전문가가 아니라도 읽고 이해할 수 있는 글을 옹호했다.

　　『불타는 세계』는 얼핏 보면 참으로 종잡을 수 없는 이야
기다. 이야기는 곤경에 빠진 처녀라는 고전적 설정으로 시작
되지만, 뻔한 전개를 거부하고 독자들을 도무지 짐작하기 힘든
방향으로 이끌고 간다. 가엾은 처녀를 구해 준 구원자들은 금
세 지위가 역전되어 처녀의 신하가 되고, 평범한 로맨스에서라
면 결말이 되었을 왕과의 결혼은 본격적인 이야기의 시작에 불
과하다. (심지어 왕은 결혼과 동시에 무대에서 사라지고 별로
등장하지도 않는다.) 황후는 결혼과 함께 행복하게 침묵하는
여주인공이 아니라 한 세계의 막강한 권력자이자 지식을 논하
는 학자가 되는가 하면 SF에 가까운 판타지에 해당하는 2부에
이르면 심지어 옛 세계를 구원하는 전쟁 영웅이 된다. 로맨스
에서 여성 인물을 사용하는 관습을 차곡차곡 무너뜨린 다음 등
장하는 것은 황후가 주도하는 길고 긴 철학적 대화들이다. 그
리고 이야기의 중심을 차지하는 이 철학적 토론을 통해 캐번디

시는 당대 자연철학자들 사이에서 벌어지고 있던 논쟁의 핵심에 뛰어든다.

1660년대 자연철학계의 가장 대표적인 논쟁은 새로운 자연철학에 접근하는 방법론을 둘러싼 로버트 보일과 토머스 홉스 사이의 논쟁이었다. 보일이 자연철학적 지식은 실험을 통해 확인된 사실에 기반해야 한다고 주장하며 왕립학회의 상징과도 같은 존재가 된 공기펌프나 각종 광학 도구를 이용한 실험의 중요성을 강조한 반면, 홉스는 진정한 과학은 감각적 경험보다 이성과 합리적 연역에서 나온다고 주장하며 자연철학이 '철학'보다는 '기술'에 의존하는 것을 경계했다. 지식의 근원을 이성에서 찾으며 광학 도구가 진실한 정보를 주기보다 감각을 왜곡하고 판단을 미혹할 가능성이 있다고 경계하는 캐번디시 또한 ─ 홉스의 기계론에는 반대하는 입장이지만 ─ 이 방법론 논쟁에서 홉스와 같은 입장에 서 있었다.

『불타는 세계』에서 캐번디시는 황후가 만나는 새로운 세계의 과학자들을 통해 왕립학회의 실험철학자들을 비판한다. 그녀가 구체적인 풍자의 대상으로 삼은 것은 왕립학회의 후원을 받아 출간된 로버트 훅의 『마이크로그래피아: 확대경으로 관찰한 작은 물체들의 생리학적 묘사와 그에 관한 논평과 연구 *Micrographia: or, Some Physiological Descriptions of Minute Bodies Made by Magnifying Glasses with Observations and Inquiries Thereupon*』(1665)이다. 현미경으로 곤충과 식물 등을 관찰하여 그린 정교한 스케치를 담은 훅의 저서는 대중들 사이에서 큰 화제를 불러일으키며 과학 기관으로서 왕립학회의 위상을 높이는 데 일조했다. (캐번디시를 미친 여자로 본 새뮤얼 피프스는 『마이크로그래피아』를 평생 읽어본 책 중 가장 독창적인 책이라고 격찬

한다.) 훅이 관찰한 파리의 눈, 벼룩, 이, 목탄 등을 과학자들의
관찰 대상으로 고스란히 가져온 『불타는 세계』의 풍자가 무
엇을 겨냥한 것인지는 누가 봐도 명확하다. 캐번디시는 이렇게
풍자의 대상을 명확히 드러낸 다음, 관찰 결과에 대해 제각각
다른 의견을 내놓아 객관적 진실은커녕 분란만 일으키거나, 황
후의 거듭된 질문에 결국 도구의 한계를 고백하는 과학자들의
모습을 그린다. 그리고 이를 통해 인간의 불안정한 감각을 교
정하여 외부 세계를 객관적으로 관찰할 수 있게 만들어 주는,
그리하여 "머리와 공상"에만 의존하던 구과학의 한계에서 벗
어나 새로운 세계를 발견하게 해 주는 도구라며 훅이 찬양한
광학 도구를, 그리고 그것이 상징하는 왕립학회의 실험철학과
객관성에 대한 확신에 의문을 던진다.

　　『불타는 세계』를 내놓은 다음 해, 캐번디시는 왕립학회
모임에 참석하고 싶다는 바람을 학회 측에 알렸고, 이를 수락
한 학회의 초청으로 여성으로서는 최초로 학회의 모임에 참
석한다. 그리고 흥미롭게도 로버트 보일과 로버트 훅이 준비
한, 그 유명한 공기펌프를 이용한 공기 무게 측정 실험을 위시
한 일련의 실험들을 지켜보았다. 이 시대 주요 사건의 대부분
을 목격한 새뮤얼 피프스는 이 자리에도 빠지지 않았고, 이 실
험들을 참관한 공작 부인의 반응을 유일하게 기록으로 남겼다.
피프스에 의하면, 공작 부인은 "굉장히 감탄스럽다"는 말 외에
는 별다른 말을 하지 않았다. 캐번디시의 개인적 삶에 있어서
건 왕립학회의 역사에 있어서건 여성 과학자의 역사에 있어서
건 대단히 극적인 순간이었을 이날에 대한 더 자세한 기록이
존재하지 않는 것은 아쉬운 일이지만, 마거릿 캐번디시 연구자
애나 배티겔리가 적절히 통찰하고 있듯이 그날의 실험들에 대

한 마거릿의 진짜 대답은 그다음 해 그녀가 『실험철학에 관한
논평』과 『불타는 세계』를 재판으로 출간했다는 사실에 함축
되어 있다고 보아도 무방할 것이다. 여성이 자기 이름으로 책
을 내는 것 자체가 스캔들에 가까운 화제가 되었던 시대에 어
쩌면 그건 마거릿 캐번디시가 할 수 있는 가장 도발적인 형태
의 대답이었을지도 모른다.

　　권진아

# 마거릿 캐번디시 연보

1623년  마거릿 루커스, 영국 에식스 콜체스터 인근 세인트존
스에서 8남매 중 막내로 출생.

1625년  마거릿의 아버지인 토머스 루커스 사망.

찰스 1세가 즉위해 프랑스 공주 앙리에타 마리와 결혼.

1630년  토머스 홉스가 뉴캐슬 백작인 윌리엄 캐번디시와 그
의 형 찰스에게 자연철학을 가르치기 시작.

1635 – 1636년  홉스가 파리에서 르네 데카르트와 교제를 이어
온 마랭 메르센의 학술 모임에 참가.

1637년  데카르트의 『방법서설 Discours sur la Methode』이 라틴어
로 출간.

1641년  네덜란드의 화가이자 시인이었고 여성의 교육을 옹호
했던 아나 마리아 판 스휘르만의 『학식 있는 여성 The
Learned Maid』출간.

1642년  영국혁명 발발. 극장 운영 중단. 루커스가(家), 옥스퍼
드의 왕당파 기지로 이주.

1643년  의회파가 무력을 행사하자 런던에서 옥스퍼드 머턴
칼리지로 달아난 왕비 앙리에타 마리의 궁정 여관
이 됨.

윌리엄 캐번디시 백작에게 후작 작위가 수여됨.

1644년  앙리에타 마리를 따라 파리로 도피.

마스턴 무어 전투에서 패배한 윌리엄 캐번디시 망명.

존 밀턴의 『아레오파지티카 *Areopagitica* 』 출간.

1645년  파리에서 마거릿 루커스와 윌리엄 캐번디시(1593년생) 혼인.

1646년  영국 1차 내전 종료.

1647년  언니 메리 루커스 킬리그루와 어머니 엘리자베스 레이턴 루커스 사망. 형제 찰스 루커스 경 처형됨. 가족 묘지에 묻힘.

1648년  찰스 1세를 따라 마거릿과 윌리엄 부부 네덜란드 여행. 영국 2차 내전 발발. 마거릿과 윌리엄 부부 안트베르펜으로 이주.

1649년  1월 30일. 런던에서 찰스 1세의 재판과 사형 집행이 이뤄짐. 코먼웰스(영국연방) 공표.

       3월 14일. 윌리엄 캐번디시에게 추방령이 내려지고 재산이 몰수됨.

1650년  데카르트 사망.

       미국 최초의 여성 시인 앤 브래드스트리트의 『열 번째 뮤즈 *The Tenth Muse* 』 출간.

1651년  11월. 시동생 찰스 캐번디시와 함께 몰수당한 재산에 대한 보상을 청원하기 위해 런던으로 잠시 귀환.

       홉스의 『리바이어던 *Leviathan* 』 출간.

1653년  3월 초. 안트베르펜으로 돌아감.

       3월 말. 『시와 공상 *Poems and Fancies* 』 출간.

       5월. 『철학적 공상 *Philosophical Fancies* 』 출간.

       앤 콜린스의 『신성한 음악과 명상록 *Divine Songs and Meditacions* 』 출간.

1654년　찰스 캐번디시 사망.

1655년　『세계의 잡문집 *The World's Olio*』『철학과 물리학의 견해들 *Philosophical and Physical Opinions*』출간.

1656년　자전적 에세이 「나의 출생과 교육, 그리고 생애에 대한 진실된 이야기 *A True Relation of My Birth, Breeding and Life*」가 실린 『자연의 모습 *Nature's Pictures*』출간.

1660년　왕정 및 상원이 복원됨.
　　　　마거릿과 윌리엄 부부 잉글랜드로 돌아와 노팅엄의 웰벡으로 낙향.
　　　　극장 개장. 왕립학회가 설립됨.

1661년　찰스 2세 즉위.

1662년　『각종 연설들 *Orations of Divers Sorts*』『희곡들 *Plays*』출간.

1663년　『철학과 물리학의 견해들』개정판 출간.

1664년　『사교 편지 *Sociable Letters*』와 『철학적 편지 *Philosophical Letters*』출간.

1665년　찰스 2세, 윌리엄 캐번디시 후작에게 공작 작위 수여.
　　　　로버트 훅의 『마이크로그래피아 *Micrographia*』출간. 대역병 유행.

1666년　『불타는 세계 *The Blazing World*』『실험철학에 관한 논평 *Observations upon Experimental Philosophy*』출간.
　　　　마거릿 펠의 『여성의 발언에 대한 정당화 *Women's Speaking Justified*』출간.
　　　　마거릿의 큰오빠인 존이 왕립학회에서 쫓겨남.
　　　　런던 대화재 발생.

1667년　『윌리엄 캐번디시의 생애 *Life of William Cavendish*』출간.
　　　　조지프 글랜빌의 형이상학적 논쟁에 응답. 런던의 왕립학회 방문.

밀턴의 『실낙원 *Paradise Lost* 』 출간.

1668년  『미출간 희곡들 *Plays, Never before Printed* 』『자연철학의 근거 *Grounds of Natural Philosophy* 』 출간. 『불타는 세계』와 『실험철학에 관한 논평』 재출간.

1670년  영국 최초의 여성 전업 작가로 알려진 애프라 벤의 첫 희곡 『강제 결혼 *The Forc'd Marriage* 』 발표.

1671년  『세계의 잡문집』『철학과 물리학의 견해들』 재출간.

1673년  12월 15일. 마거릿 캐번디시 사망.

1674년  1월 7일. 웨스트민스터대성당에 묻힘.
배슈아 매킨의 『고대 여성 교육 부활론 *An Essay to Revive the Ancient Education of Gentlewomen* 』 출간.

1675년  『윌리엄 캐번디시의 생애』 재출간.
그리니치천문대 개장.

1676년  윌리엄 캐번디시 사망. 마거릿의 무덤 옆에 묻힘.

지은이  마거릿 캐번디시 Margaret Cavendish

17세기에 활동한 철학자, 시인, 자연과학자, 소설가, 희곡 작가이다.
1623년 영국 에식스 콜체스터의 부유한 왕당파 집안에서 8남매 중 막내로
태어났다. 두 살 때 아버지 토머스 루커스가 사망하고 강인한 어머니
밑에서 경제적 어려움 없이 기본적인 교육을 받으며 자랐다. 하지만 1642년
영국혁명의 발발로 의회파의 공격을 피해 도피 생활을 시작하게 되고,
마거릿은 찰스 1세의 왕비 앙리에타 마리의 여관이 되어 함께 프랑스 파리로
이주한다. 이곳에서 윌리엄 캐번디시 후작을 만나 결혼한다. 당시 캐번디시
후작은 토머스 홉스, 르네 데카르트, 피에르 가상디 등을 위시한 당대
뛰어난 학자들과의 학문 교류 모임인 뉴캐슬 서클의 중심인물이었고 마거릿
캐번디시는 이 모임을 통해 그들의 사상을 접하며 자연철학에 관심을 가지게
된다. 캐번디시가 1666년에 발표한 『불타는 세계』와 『실험과학에 관한
논평』은 과학혁명 이후 자연과학이 남성의 영역으로 공고화되는 흐름에
대한 캐번디시의 비판 의식을 잘 보여 준다. 캐번디시는 이 밖에도 1653년에
첫 번째 저서 『시와 공상』을 출간한 뒤 전기, 자서전, 산문, 희곡, 소설, 시,
서간집 등 다양한 분야에서 활발하게 집필 활동을 한다. 또한 캐번디시는
여성으로서는 최초로 1660년에 설립된 영국 왕립학회의 모임에 참석해
17세기 실험과학의 상징이라고도 할 수 있는 공기펌프 실험 등을
지켜보았다. 이후 『불타는 세계』와 『실험과학에 관한 논평』을 재출간하고
『윌리엄 캐번디시의 생애』『미출간 희곡들』『자연철학의 근거』 등
다양한 영역에서 글을 쓰고 이를 출판하는 일을 지속한다. 1673년에 사망해
이듬해 1월 웨스트민스터대성당에 묻혔다.


옮긴이  권진아

서울대학교에서 영문학을 전공하고 같은 학교 대학원에서 「근대 유토피아
픽션 연구」로 박사 학위를 받았다. 현재 서울대학교 기초교육원에서
강의 교수로 재직하고 있다. 옮긴 책으로는 『1984년』『동물농장』『태양은
다시 떠오른다』『헤밍웨이의 말』『지킬 박사와 하이드 씨』『은하수를
여행하는 히치하이커를 위한 안내서』(공역) '시공 에드거 앨런 포 전집'
1-4권 등이 있다.

# 불타는 세계

1판 1쇄 인쇄    2020년 5월 28일
1판 1쇄 발행    2020년 6월 11일

지은이    마거릿 캐번디시              펴낸이    김영곤
옮긴이    권진아                      펴낸곳    아르테

아르테클래식본부 본부장    장미희
클래식클라우드팀    권은경 임정우 김슬기 박병익 오수미
편집    전민지
교정·교열    눈씨                     영업본부 이사    안형태
디자인    전용완                      영업본부 본부장    한충희
제작    이영민 권경민                 영업    김한성 이광호

출판등록 2000년 5월 6일 제406-2003-061호
주소 (10881) 경기도 파주시 회동길 201 (문발동)
대표전화 031-955-2100    팩스 031-955-2151
이메일 book21@book21.co.kr    홈페이지 arte.book21.com

ISBN  978-89-509-8784-8 04840
아르테는 (주)북이십일의 문학·교양 브랜드입니다.

(주)북이십일 경계를 허무는 콘텐츠 리더
네이버오디오클립/팟캐스트 〈김태훈의 책보다 여행〉, 유튜브
〈클래식클라우드〉를 검색하세요.
네이버포스트 post.naver.com/classic_cloud    페이스북 www.facebook.com/
21classiccloud    인스타그램 www.instagram.com/classic_cloud21